KB022282

해변의 묘지

세계시인선

56

해변의 묘지

폴 발레리

김현 옮김

LE CIMETIÈRE MARIN

Paul Valéry

차례

5

LA FILEUSE

Lilia..., neque nent.

ASSISE, la fileuse au bleu de la croisée
Où le jardin mélodieux se dodeline;
Le rouet ancien qui ronfle l'a grisée.

Lasse, ayant bu l'azur, de filer la câline
Chevelure, à ses doigts si faibles évasive,
Elle songe, et sa tête petite s'incline.

Un arbuste et l'air pur font une source vive
Qui, suspendue au jour, délicieuse arrose
De ses pertes de fleurs le jardin de l'oisive.

Une tige, où le vent vagabond se repose,
Courbe le salut vain de sa grâce étoilée,
Dédiant magnifique, au vieux rouet, sa rose.

Mais la dormeuse file une laine isolée;
Mystérieusement l'ombre frêle se tresse
Au fil de ses doigts longs et qui dorment, filée.

Le songe se dévide avec une paresse
Angélique, et sans cesse, au doux fuseau crédule,

실 잣는 여인[1]

— 백합화는…… 길쌈도 하지 않는다[2]

십자 유리창 파란 하늘가에 앉아 실 잣는 여인
선율적인 정원 가만히 흔들리는.[3]
해묵은 물레 돌아가는 소리에 취했네.

하늘빛을 마신 뒤, 그토록 가냘픈 손가락
벗어나는 귀여운 머리칼을 잣기에 지쳐,
여인은 꿈결에 잠기고, 작은 머리는 기울어지네.

키 작은 나무[4]와 공기는 샘물을 상큼하게 하고,
샘물은 햇빛에 매달려, 한가로운 정원을
지는 꽃잎으로 더없이 기분 좋게 축여 주네.

떠돌이 바람이 쉬어 가는 관목 줄기는 별 모양의
기품으로 고개 숙여 보람 없는 인사를 보내네,
낡은 물레에게 제 장미를 멋지게 바치면서.[5]

그래도 여인은 홀로 졸면서 양털을 잣고,
신비롭게도 가녀린 그림자가 실에 엮이네
그녀의 움직이지 않는 긴 손가락을 따라.

꿈은 천사의 느릿함으로 풀려나오고,
숫되고도 부드러운 실타래에서는, 머리칼[6]이

La chevelure ondule au gré de la caresse…

Derrière tant de fleurs, l'azur se dissimule,
Fileuse de feuillage et de lumière ceinte:
Tout le ciel vert se meurt. Le dernier arbre brûle.

Ta sœur, la grande rose où sourit une sainte,
Parfume ton front vague au vent de son haleine
Innocente, et tu crois languir… Tu es éteinte

Au bleu de la croisée où tu filais la laine.

애무[7]에 맞춰 쉴 새 없이 물결치네……

하 많은 꽃들 뒤로, 창공은 모습을 감춘다,
녹음과 빛에 둘러싸인 실 잣는 여인아.
푸른 하늘이 온통 죽어 간다. 마지막 나무가 타오른다.[8]
성녀가 미소 짓고 있는 크나큰 장미, 너[9]의 언니가
제 순결한 숨결의 바람으로 너의 어렴풋한 이마에
향(香)을 뿌리고, 너는 번민하는 양…… 꺼져 버린다

네가 털실을 잣고 있던 십자 유리창 파란 하늘가에서.

UN FEU DISTINCT

Un feu distinct m'habite, et je vois froidement
La violente vie illuminée entière…
Je ne puis plus aimer seulement qu'en dormant
Ses actes gracieux mélangés de lumière.

Mes jours viennent la nuit me rendre des regards,
Après le premier temps de sommeil malheureux;
Quand le malheur lui-même est dans le noir épars
Ils reviennent me vivre et me donner des yeux.

Que si leur joie éclate, un écho qui m'éveille
N'a rejeté qu'un mort sur ma rive de chair,
Et mon rire étranger suspend à mon oreille,

Comme à la vide conque un murmure de mer,
Le doute, — sur le bord d'une extrême merveille,
Si je suis, si je fus, si je dors ou je veille?

뚜렷한 불꽃이[10]

뚜렷한 불꽃[11]이 내 안에 깃들어, 나는 차갑게 살펴본다
온통 불 밝혀진 맹렬한 생명을……
빛과 뒤섞인 생명의 우아한[12] 행위는
오직 잠자면서만 사랑할 수 있을 뿐.[13]

나의 나날은 밤에 와서 나에게 눈길을 돌려 주며,
불행한[14] 잠의 첫 시간이 지난 뒤,
불행마저 암흑 속에 흩어져 있을 때
다시 와서 나를 살리고[15] 나에게 눈을 준다.[16]

나날의 기쁨이 터질지라도, 나를 깨우는 메아리는
내 육체의 기슭에 죽은 이만을 되던졌을 따름이니,
나의 야릇한 웃음이 내 귀에 매달린다,

빈 소라고등에 바다의 중얼거림이 매달리듯,
의혹을, ── 지극한 불가사의의 물가[17]에서,
내가 있는지, 있었는지, 잠자는지 아니면 깨어 있는지?[18]

MÊME FÉERIE

La lune mince verse une lueur sacrée,
Comme un jupe d'un tissu d'argent léger,
Sur les masses de marbre où marche et croit songer
Quelque vierge de perle et de gaze nacrée.

Pour les cygnes soyeux qui frôlent les roseaux
De carènes de plume à demi lumineuse,
Sa main cueille et dispense une rose neigeuse
Dont les pétales font des cercles sur les eaux.

Délicieux désert, solitude pâmée,
Quand le remous de l'eau par la lune lamée
Compte éternellement ses échos de cristal,

Quel cœur pourrait souffrir l'inexorable charme
De la nuit éclatante au firmament fatal,
Sans tirer de soi-même un cri pur comme une arme?

똑같은 꿈나라[19]

여윈 달이 성스러운 빛을 쏟는다,
가벼운 은빛 천의 치마처럼,
진주와 진주모 빛 얇은 사(紗)의 어떤 처녀가
꿈꾸듯 걸어가는 대리석 더미 위로.

어스름히 빛나는 깃털 용골돌기로
갈대를 스치는 고운 백조들을 위해,
달의 손이 새하얀 장미를 꺾어 흩뜨리면
꽃잎은 물 위에 원을 그린다.

감미로운 사막,[20] 몽롱한 고독,
은실로 장식한 달에 맞춰 물이 철썩이며
한없이 수정의 메아리를 셈 셀 때,

그 누구인들 숙명의 하늘[21]에 반짝이는
밤의 냉혹한 마법을 감당할 수 있으리,
병기처럼 순수한 외침을 내지르지 않으리?

INTÉRIEUR

Une esclave aux longs yeux chargés de molles chaînes

Change l'eau de mes fleurs, plonge aux glaces prochaines,

Au lit mystérieux prodigue ses doigts purs;

Elle met une femme au milieu de ces murs

Qui, dans ma rêverie errant avec décence,

Passe entre mes regards sans briser leur absence,

Comme passe le verre au travers du soleil,

Et de la raison pure épargne l'appareil.

방 안[22)

보드라운 사슬들[23)] 덮인 갸름한 눈의 여자 노예가
내 꽃병의 물을 갈고, 옆의 거울들 깊이 제 모습 비추고,
신비 어린 침대에서 제 청순한 손가락을 아낌없이 놀린다.
그녀는 이 벽들 한가운데에 한 여성을 차려 놓는다[24)]
내 몽상 속에서 기품 있게 떠돌면서,
창유리가 햇빛을 가로지르듯,
내 시선의 부재를 깨뜨리지 않고 내 시선 사이를
　　지나가며,[25)]
순수이성의 기계장치[26)]를 살려 내는 한 여인을.

INSINUANT II

Folle et mauvaise
Comme une abeille
Ma lèvre baise
L'ardente oreille.

J'aime ton frêle
Etonnement
Où je ne mêle
Qu'un rien d'amant.

Quelle surprise...
Ton sang bourdonne.
C'est moi qui donne
Vie à la brise...

Dans tes cheveux
Tendre et méchante
Mon âme hante
Ce que je veux.

잘 구슬리는 2

내 입술은 입 맞춘다
불타는 듯한 귓바퀴에
꿀벌처럼
광적으로 짓궂게.

나는 너의 여린
경악을 사랑한다
그 속에 나는 보낸다
약간의 연인 티를.

얼마나 큰 놀람인가……
너의 피가 웅성거린다.
나는 산들바람을
일으킨다……

너의 머릿결에서
내 넋은 넘나든다
내가 바라는 것을
다정하고 심술궂게.

CHANSON À PART

QUE fais-tu? De tout.

Que vaux-tu? Ne sais,

Présages, essais,

Puissance et dégoût...

Que vaux-tu? Ne sais...

Que veux-tu? Rien, mais tout.

Que sais-tu? L'ennui.

Que peux-tu? Songer.

Songer pour changer

Chaque jour en nuit.

Que sais-tu? Songer

Pour changer d'ennui.

Que veux-tu? Mon bien.

Que dois-tu? Savoir,

Prévoir et pouvoir

Qui ne sert de rien.

Que crains-tu? Vouloir.

Qui es-tu? Mais rien!

Où vas-tu? À mort.

제쳐 놓은 노래

무얼 하니? 뭐든지 조금씩.
넌 무슨 재능이 있지? 몰라,
예측, 시도,
힘과 혐오……
넌 무슨 재능이 있지? 몰라……
무얼 바라니? 아무런 것도, 그러나 전부를.

무얼 아니? 권태를.
무얼 할 수 있지? 꿈꾸는 걸.
매일 낮을 밤으로
바꾸려고 꿈꾸는 걸.[27)]
무얼 알지? 꿈꿀 줄을,
권태를 갈아 치우려고.

무얼 바라지? 내 행복을.
무얼 할 생각이지? 앎,
예측, 능력을 얻을 작정이야
아무짝에도 쓸모없지만.
무얼 겁내니? 의욕을.
넌 누구니? 아무것도 아니야!

어디로 가니? 죽음으로.

Qu'y faire? Finir,

Ne plus revenir

Au coquin de sort.

Où vas-tu? Finir.

Que faire? Le mort.

어떤 조치가 있겠는가? 그만두기,
개 같은 팔자로
더 이상 되돌아가지 않기.
어디로 가니? 끝장내러 간다.
무얼 할 것인가? 죽음.[28]

LE VIN PERDU

J'ai, quelque jour, dans l'Océan,

(Mais je ne sais plus sous quels cieux)

Jeté, comme offrande au néant,

Tout un peu de vin précieux…

Qui voulut ta perte, ô liqueur?

J'obéis peut-être au devin?

Peut-être au souci de mon cœur,

Songeant au sang, versant le vin?

Sa transparence accoutumée

Après une rose fumée

Reprit aussi pure la mer…

Perdu ce vin, ivres les ondes!…

J'ai vu bondir dans l'air amer

Les figures les plus profondes…

잃어버린 포도주[29]

어느 날인가, 나는, 대양[30]에,
(그러나 어느 하늘 아래선지 모르겠다)
던졌다, 허무에 진상하듯,[31]
귀중한 포도주 몇 방울을……

누가 너의 유실을 원했는가, 오 달콤한 술이여?
내 필시 점쟁이의 말[32]을 따른 것인가?
아니면 술을 따를 때, 피를 생각하는,[33]
내 마음의 시름을 쫓았던가?

장밋빛 연무(煙霧)[34]가 피어오른 뒤,
언제나 변함없는 그 투명성[35]이
그토록 청정한 바다에 다시 다다른다……[36]

그 포도주는 사라지고, 물결은 취해 일렁인다!……
나는 보았다 씁쓸한 허공 속에서
끝없이 오묘한 형상들[37]이 뛰어오르는 것을……

LES PAS

Tes pas, enfants de mon silence,
Saintement, lentement placés,
Vers le lit de ma vigilance
Procèdent muets et glacés.

Personne pure, ombre divine,
Qu'ils sont doux, tes pas retenus!
Dieux!... tous les dons que je devine
Viennent à moi sur ces pieds nus!

Si, de tes lèvres avancées,
Tu prépares pour l'apaiser,
A l'abitant de mes pensées
La nourriture d'un baiser,

Ne hâte pas cet acte tendre,
Douceur d'être et de n'être pas,
Car j'ai vécu de vous attendre,
Et mon cœur n'était que vos pas.

발걸음[38]

성스럽게, 느릿느릿,
내 주의(注意)의 침대[39]로
너의 발걸음, 내 침묵의 아이들,[40]
말없이 싸늘하게 다가온다.

순수한 위격, 신의 그림자,[41]
조심스런 너의 발걸음은, 얼마나 사뿐한가!
신들이여!…… 내가 예감하는 모든 재능은
이 맨발에 실려 나에게 다가온다![42]

네가 내민 입술로,
내 생각들의 거주자[43]를
달래려고 그에게 입맞춤의,
양식을 마련해 준다 해도,

존재함과 존재하지 않음[44]의 단맛,
이 다정한 몸짓을 서둘지 말아라,[45]
나는 당신[46]을 기다림에 살아왔고,
내 가슴은 당신의 발걸음일 뿐이었으니.

L'ABEILLE

À Francis de Miomandre

Quelle, et si fine, et si mortelle,

Que soit ta pointe, blonde abeille,

Je n'ai, sur ma tendre corbeille,

Jeté qu'un songe de dentelle.

Pique du sein la gourde belle,

Sur qui l'Amour meurt ou sommeille

Qu'un peu de moi-même vermeille

Vienne à la chair ronde et rebelle!

J'ai grand besoin d'un prompt tourment:

Un mal vif et bien terminé

Vaut mieux qu'un supplice dormant!

Soit donc mon sens illuminé

Par cette infime alerte d'or

Sans qui l'Amour meurt ou s'endort!

꿀벌[47)]
— 프랑시스 미오망드르[48)]에게

아무리, 날카롭고, 아무리 치명적일지라도,
황금색 꿀벌아, 너의 침이 어떠하건,
나는, 내 부드러운 바구니[49)] 위에,
꿈의 레이스[50)]만을 걸쳤을 뿐.

사랑이 숨지거나 조는,
젖가슴의 아름다운 표주박[51)]을 찔러다오
나 자신의 미소한 주홍빛 일부[52)]가
봉긋한 반항의 살[53)]에서 흘러나오도록!

나는 재빠른 고통이 몹시 필요하다.
격렬하지만 정말로 끝나는 짧은 아픔이
괴어 있는 괴로움보다는 낫다!
그러니 이내 감각이 이 금빛의
미세한 경보[54)]로 인해 눈뜨게 하라
사랑이 죽거나 잠들지 않도록!

POÉSIE

Par la surprise saisie,
Une bouche qui buvait
Au sein de la Poésie
En sépare son duvet:

—— Ô ma mère Intelligence,
De qui la douceur coulait,
Quelle est cette négligence
Qui laisse tarir son lait!

À peine sur ta poitrine,
Accablé de blancs liens,
Me berçait l'onde marine
De ton cœur chargé de biens;

À peine, dans ton ciel sombre,
Abattu sur ta beauté,
Je sentais, à boire l'ombre,
M'envahir une clarté!

Dieu perdu dans son essence,
Et délicieusement

시[55]

깜박 놀람이 엄습하여,
시의 젖가슴에 안겨
젖을 빨던 입이
입술[56]을 뗀다.

── 따스한 정 흘러나오던,
오 내 어머니 지성이여,
젖이 말라도 가만히 있는
이 무슨 소홀함인가!

그대 품 안에서,
하얀 밧줄로 짓감기면,[57]
재보(財寶)로 가득 찬 그대 가슴의
바다 물결은 곧장 나를 어르곤 했다.

그대의 침침한 하늘에 잠겨,
그대의 아름다움 위에 기진하면,
어두움을 삼키면서도,
빛이 나를 침범함을 느꼈다![58]

자기 본질에 숨어,
지고한 안정의 인식에

Docile à la connaissance
Du suprême apaisement,

Je touchais à la nuit pure,
Je ne savais plus mourir,
Car un fleuve sans coupure
Me semblait me parcourir...

Dis, par quelle crainte vaine,
Par quelle ombre de dépit,
Cette merveilleuse veine
À mes lèvres se rompit?

O rigueur, tu m'es un signe
Qu'à mon âme je déplus!
Le silence au vol de cygne
Enter nous ne règne plus!

Immortelle, ta paupière
Me refuse mes trésors,
Et la chair s'est faite pierre
Qui fut tendre sous mon corps!

그지없이 순종하는
신(神)인 나,

나는 순수한 밤과 맞닿아,
이젠 죽을 도리도 없다,[59]
면면히 흐르는 강물이
내 체내를 감도는 것만 같아서……

말하라, 그 어떤 부질없는 공포 때문에,
그 어떤 원한의 그림자 때문에,
이 현묘한 영감의 수맥이
내 입술에서 끊어졌는가?

오 엄밀함[60]이여, 그대는 나에게
내가 내 영혼 거스르는 징조다!
백조처럼 비상하는 침묵[61]은
우리들의 하늘엔 이미 군림하지 않으니!

불사의 어머니여, 당신의 눈시울은
나에게 나의 보물들을 인정하지 않고,
내 몸을 안았던 부드러운 살은
이제 돌이 되고야 말았구나!

Des cieux même tu me sèvres,

Par quel injuste retour?

Que seras-tu snas mes lèvres?

Que serai-je sans amour?

Mais la Source suspendue

Lui répond sans dureté:

—— Si fort vous m'avez mordue

Que mon cœur s'est arrêté!

그대는 하늘의 젖마저 내게서 앗아 가니,
이 무슨 부당한 보복인가?
내 입술 없으면 그대는 무엇인가?
사랑이 없으면 나는 또 무엇인가?[62]

그러나 샘물은 흐름을 멈추고
박정함 없이[63] 그에게[64] 대답한다.
― 당신이 하도 세게 물어뜯어서
내 심장이 멈추고 말았다고!

LA CEINTURE

Quand le ciel couleur d'une joue
Laisse enfin les yeux le chérir
Et qu'an point doré de périr
Dans les roses le temps se joue,

Devant le muet de plaisir
Qu'enchaîne une telle peinture,
Danse une Ombre à libre ceinture
Que le soir est près de saisir.

Cette ceinture vagabonde
Fait dans le souffle aérien
Frémir le suprême lien
De mon silence avec ce monde…

Absent, présent… Je suis bien seul,
Et sombre, ô suave linceul.

띠[65]

뺨 색깔의 하늘이 마침내
눈길의 애무에 맡겨지고
시간이 금빛[66]으로 소멸하기까지
장밋빛 색조 속에서 노닐 때,

쾌락의 벙어리[67] 앞에서
이러한 그림이 유혹하는,
띠 풀린 그림자가 춤추다가
저녁 어스름에 묻히려 한다.

떠도는 이 띠는
공기의 숨결 속에서
그지없는 유대를 끊으려 한다
이 세계와 내 침묵의……

부재인가, 현전(現前)인가……[68] 난 정말 혼자다,
그리고 어두워라, 오 그윽한 수의[69]여.

LA DORMEUSE
À Lucien Fabre.

Quels secrets dans son cœur brûle ma jeune amie,

Âme par le doux masque aspirant une fleur?

De quels vains aliments sa naïve chaleur

Fait ce rayonnement d'un femme endormie?

Souffle, songes, silence, invincible accalmie,

Tu triomphes, ô paix plus puissante qu'un pleur,

Quand de ce plein sommeil l'onde grave et l'ampleur

Conspirent sur le sein d'un etelle ennemie.

Dormeuse, amas doré d'ombres et d'abandons,

Ton repos redoutable est chargé de tels dons,

O biche avec langueur longue auprès d'une grappe,

Que malgré l'âme absente, occupée aux enfers,

Ta forme au ventre pur qu'un bras fluide drape,

Veille; ta forme veille, et mes yeux sont ouverts.

잠자는 여인[70]
── 뤼시앵 파브르[71]에게

부드러운 가면[72] 아래 넋이 꽃향기를 마시는,
내 젊은 연인은 가슴속에 무슨 비밀을 불태우나?[73]
그녀의 타고난[74] 정열이 어떤 공허한[75] 양식으로
잠든 여인의 이 밝은 표정을 지어내는가?

숨결, 꿈들, 침묵, 어찌할 길 없는 평온,[76]
오 눈물보다 강력한 평화여, 네가 승리한다,
이 깊은 잠의 육중한 물결과 풍만함이
이 같은 적의 가슴 위에서 공모할 때.[77]

잠자는 여인이여, 음영(陰影)과 방심의 금빛 더미여,
너의 무서운 휴식은 이러한 신의 선물들로 가득하니,
오 꽃송이 곁에서 오랜 느긋함 속에 누워 있는 암사슴아,

넋은 지옥에 골몰하기에, 여기엔 없음에도,
흐르는 듯한 한 팔이 배 위에 올려진 네 형체[78]는,
깨어 있다. 네 형체는 깨어 있다, 하여 나의 눈도 열려 있다.

NARCISSE PARLE
Narcissae placandis manibus.

O FRÉRES! tristes lys, je languis de beauté
Pour m'être désiré dans votre nudité.
Et vers vous, Nymphe, Nymphe, ô Nymphe des fontaines,
Je viens au pur silence offrir mes larmes vaines.

Un grand calme m'écoute, où j'écoute l'espoir.
La voix des sources change et me parle du soir;
J'entends l'herbe d'argent grandir dans l'ombre sainte
Et la lune perfide élève son miroir
Jusque dans les secrets de la fontaine éteinte.

Et moi! De tout mon cœur dans ces roseaux jeté,
Je languis, ô saphir, par ma triste beauté!
Je ne sais plus aimer que l'eau magicienne
Où j'oubliai le rire et la rose ancienne.

Que je déplore ton éclat fatal et pur,
Si mollement de moi fontaine environnée,
Où puisèrent mes yeux dans un mortel azur
Mon image de fleurs humides couronnée!

나르시스는 말한다[79)]

── 나르키사[80)]의 영혼을 달래기 위하여

오 형제들이여! 슬픈 백합들이여, 나는 아름다움에
번민한다 너희들의 나체 속에서 나를 갈망했기에.
그리하여 너희들을 향해, 님프, 님프여, 오 샘의 님프여,
나는 부질없는 눈물을 순수한 침묵에 바치러 온다.

크나큰 고요가 내게 귀 기울이고, 거기에서 나는 희망을
    듣는다.
샘물 솟는 소리 바뀌어 나에게 저녁을 이야기한다.
성스러운 어둠 속 은빛 풀 자라나는 소리 들려오며
못 믿을 달은 조용해진 샘의 깊숙한 속까지
제 거울을 치켜든다.

그리고 나는! 이 갈대밭 속에 기꺼이 몸을 던지고,
오 사파이어[81)], 내 서글픈, 아름다움[82)]으로 번민한다!
나는 이제 마법의 물밖에는 사랑할 수가 없으니
거기서 웃음도 옛날의 장미꽃도 잊어버리고 말았다.

네 숙명의 순수한 광채는 얼마나 한스러운가,
그리도 부드럽게 내게 안긴 샘물이여,
필멸의 푸르름[83)] 속에서 내 눈은
젖은 꽃들의 화관을 쓴 나의 영상을 길어 올렸구나!

Hélas! L'image est vaine et les pleurs éternels!

A travers les bois bleus et les bras fraternels,

Une tendre lueur d'heure ambiguë existe,

Et d'un reste du jour me forme un fiancé

Nu, sur la place pâle où m'attire l'eau triste…

Délicieux démon, désirable et glacé!

Voici dans l'eau ma chair de lune et de rosée,

Ô forme obéissante à mes yeux opposée!

Voici mes bras d'argent dont les gestes sont purs!…

Mes lentes mains dans l'or adorable se lassent

D'appeler ce captif que les feuilles enlacent,

Et je crie aux échos les noms des dieux obscurs!…

Adieu, reflet perdu sur l'onde calme et close,

Narcisse… ce nom même est un tendre parfum

Au cœur suave. Effeuille aux mânes du défunt

Sur ce vide tombeau la funérale rose.

Sois, ma lèvre, la rose effeuillant le baiser

Qui fasse un spectre cher lentement s'apaiser,

Car la nuit parle à demi-voix, proche et lointaine,

아! 영상은 덧없고[84] 눈물은 영원하다!
푸른 숲과 우애로운 팔들[85] 저 너머,
모호한 시간[86]의 부드러운 미광이 있어,
남아 있는 햇빛으로 나를 벌거숭이 약혼자로 만든다
서글픈 물이 나를 유인하는 창백한 장소에서……
환락의 악마여, 바람직하게 얼어붙었구나!

여기 물속에 달과 이슬의 내 육체가 있으니,[87]
오 내 눈과 마주 대한 순종하는[88] 형태여!
여기 몸짓도 순수한 내 은빛 두 팔!……
찬탄할 금빛 속에서 내 느린 두 손은
잎새들이 얽어맨 이 수인(囚人)[89]을 부르다가 지치고,
나는 숨겨진 신들의 이름을 메아리들에게 외친다!……

잘 있어라, 고요히 닫힌 물결 위로 사라진 그림자여,
나르시스…… 이 이름마저도 그윽한 가슴에는
부드러운 향기. 이 텅 빈 무덤 위
망혼들에게 조문의 장미 꽃잎을 하나씩 떨어뜨리려.[90]

내 입술이여, 장미꽃 되어, 사랑하는 망령을
차분히 달래 줄 입맞춤 하나씩 흩날리게 하라,
가까이서 멀리서, 밤이 낮은 소리로,

Aux calices pleins d'ombre et de sommeils légers.
Mais la lune s'amuse aux myrtes allongés.

Je t'adore, sous ces myrtes, ô l'incertaine
Chair pour la solitude éclose tristement
Qui se mire dans le miroir au bois dormant.
Je me délie en vain de ta présence douce,
L'heure menteuse est molle aux menbres sur la mousse
Et d'un sombre délice enfle le vent profond.

Adieu, Narcisse… Meurs! Voici le crépuscule.
Au soupir de mon cœure mon apparence ondule,
La flûte, par l'azur enseveli module
Des regrets de troupeaux sonores qui s'en vont.

Mais sur le froid mortel où l'étoile s'allume,
Avant qu'un lent tombeau ne se forme de brume,
Tiens ce baiser qui brise un calme d'eau fatal!

L'espoir seul peut suffire à rompre ce cristal.
La ride me ravisse au souffle qui m'exile
Et que mon souffle anime une flûte gracile
Dont le joueur léger me serait indulgent!…

그림자와 선잠 가득한 꽃받침에게 도란거리니.
그러나 달은 기름한 도금양들과 노닥거린다.

이 도금양 아래에서, 나는 너를 경배한다, 고독
때문에 쓸쓸히 피어 잠자는 숲속의 거울[91]에
제 모습 비춰 보는 무상한 육신이여.
난 너의 정겨운 현전(現前)에서 풀려날 길 없는데,
거짓말쟁이 시간은 이끼 위 사지에겐 부드럽고
어둑한 환희로 깊은 바람을 부풀린다.

잘 있거라, 나르시스여…… 죽어라! 이제 황혼이다.
내 가슴의 숨결에 내 형태는 물결치고,[92]
덮어 가려진 창공을 가로질러, 울며 가는
가축들의 아쉬움을 목동의 피리가 조율한다.[93]
하지만 별이 불 밝히는 독한 추위의 수면에서,
완만한 안개 무덤이 생기기 전에,
숙명적인 물의 정적을 깨뜨리는 이 입맞춤을 받아라!
희망만으로 이 수정을 망가뜨리기에 충분하다.[94]
잔물살이 몰아내는 숨결로 나를 호리니,
내 입김이여 가냘픈 피리를 생동케 하라[95]
가벼이 피리 부는 이도 내겐 너그러울 것이니!……

Évanouissez-vous, divinité troublée!

Et, toi, verse à la lune, humble flûte isolée,

Une diversité de nos larmes d'argent.

사라져라, 혼란된 신들[96]이여!
그리고, 너, 겸손한 고독의 피리여, 달에게 쏟아 주어라,
우리의 다양한 은빛 눈물을.[97]

L'INSINUANT

O COURBES, méandre,
Secrets du menteur,
Est-il art plus tendre
Que cette lenteur?

Je sais où je vais,
Je t'y veux conduire,
Mon dessein mauvais
N'est pas de te nuire…

(Quoique souriante
En pleine fierté,
Tant de liberté
La désoriente!)

Ô Courbes, méandre,
Secrets du menteur,
Je veux faire attendre
Le mot le plus tendre.

구슬리는 자[98)

오 곡선이여, 굴곡이여,
거짓말쟁이의 비법이여,
이 완만함보다
더 부드러운 기교가 있는가?

나는 내가 가는 곳을 알고 있어,
너를 거기로 인도하고 싶어,
내 사악한[99) 속셈은
너에게 해롭지 않을 것이다……

(잔뜩 당당하게
미소 짓지만,
그녀는 그토록 많은
자유 때문에 탈선한다!)[100)

오 곡선이여, 굴곡이여,
거짓말쟁이의 비법이여,
더없이 정겨운 말을
기다리게 하고 싶다.

LES GRENADES

Dures grenades entr'ouvertes
Cédant à l'excès de vos grains,
Je crois voir des fronts souverains
Eclatés de leurs découvertes!

Si les soleils par vous subis,
Ô grenades entre-bâillées,
Vous ont fait d'orgueil travaillées
Craquer les cloisons de rubis,

Et que si l'or sec de l'écorce
À la demande d'une force
Crève en gemmes rouges de jus,

Cette lumineuse rupture
Fait rêver une âme que j'eus
De sa secrète architecture.

석류[101]

알맹이들의 과잉에 못 이겨
방긋 벌어진 단단한 석류들아,
숱한 발견으로[102] 파열한
지상(至上)의 이마를 보는 듯하다!

너희들이 감내해 온 나날의 태양이,
오 반쯤 입 벌린 석류들아,
오만으로 시달림받는 너희들로 하여금
루비의 칸막이를 찢게 했을지라도,

비록 말라빠진 황금의 껍질이
어떤 힘의 요구에 따라
즙 든 붉은 보석들[103]로 터진다 해도,

이 빛나는 파열은
내 옛날의 영혼으로 하여금
자신의 비밀스런 구조를 꿈에 보게 한다.[104]

LE CIMETIÈRE MARIN

Μή, Φίλα ψυχά, □ιον ἀθάνατον
σπεῦδε, ταν δ'ἔμπραχτον ἄντλεῦ
μαχανάν.

— PINDARE, *Pythiques*, III

Ce toit tranquille, où marchent des colombes,

Entre les pins palpite, entre les tombes;

Midi le juste y compose de feux

La mer, la mer, toujours recommencée!

O récompense après une pensée

Qu'un long regard sur le calme des dieux!

Quel pur travail de fins éclairs consume

Maint diamant d'imperceptible écume,

Et quelle paix semble se concevoir!

Quand sur l'abîme un soleil se repose,

Ouvrages purs d'une éternell cause,

Le Temps scintille et le Songe est savoir.

Stable trésor, temple simple à Minerve,

Masse de calme, et visible réserve,

Eau sourcilleuse, Oeil qui gardes en toi

Tant de sommeil sous un voile de flamme,

O mon silence!… Edifice dans l'âme,

Mais comble d'or ax mille tuiles, Toit!

해변의 묘지[105]

오 나의 영혼이여, 영원한 삶을 갈망하지 말고
온 가능의 영역을 샅샅이 규명하라.
—— 핀다로스, 「델포이의 축승가(祝勝歌)」 III[106]

비둘기들[107] 노니는, 저 고요한 지붕은,
철썩인다 소나무들 사이에서, 무덤들 사이에서.
공정한 것 정오는 저기에서 화염으로 합성한다
바다를, 쉼 없이 되살아나는 바다를!
신들의 정적에 오랜 시선을 보냄은
오 사유[108] 다음에 찾아드는 보답이다![109]

섬세한 섬광은 얼마나 순수한 솜씨로 다듬어 내는가[110]
지각할 길 없는 거품의 무수한 금강석을,
그리고 이 무슨 평화가 수태되려는 듯 보이는가![111]
심연 위에서 태양이 쉴 때,
영원한 원인[112]이 낳은 순수한 작품들,[113]
시간은 반짝이고 **꿈**은 지식이로다.

견실한 보고, 미네르바의 간소한 사원,
정적의 더미, 눈에 보이는 저장고,
솟구쳐 오르는 물, 불꽃의 베일 아래
하 많은 잠을 네 속에 간직한 눈,
오 나의 침묵이여!…… 영혼 속의 신전,
그러나 수천의 기와 물결치는 황금 꼭대기, **지붕**![114]

Temple du Temps, qu'un seul soupir résume,

À ce point pur je monte et m'accoutume,

Tout entouré de mon regard marin;

Et comme aux dieux mon offrande suprême,

La scintillation sereine sème

Sur l'altitude un dédain souverain.

Comme le fruit se fond en jouissance,

Comme en délice il change son absence

Dans une bouche où sa forme se meurt,

Je hume ici ma future fumée,

Et le ciel chante à l'âme consumée

Le changement des rives en rumeur.

Beau ciel, vrai ciel, regarde-moi qui change!

Après tant d'orgueil, après tant d'étrange

Oisiveté, mais pleine de pouvoir,

Je m'abandonne à ce brillant espace,

Sur les maisons des morts mon ombre passe

Qui m'apprivoise à son frêle mouvoir.

단 한 숨결 속에 요약되는, 시간의 신전,[115]
이 순수경[116]에 올라 나는,
내 바다의 시선[117]에 온통 둘러싸여 익숙해진다.
또한 신에게 바치는 내 지고의 제물인 양,
잔잔한 반짝임은 심연[118] 위에
극도의 경멸을 뿌린다.[119]

과일이 향락으로 용해되듯이,
과일의 형태가 사라지는 입안에서
과일의 부재가 더없는 맛으로 바뀌듯이,
나는 여기 내 미래의 향연(香煙)[120]을 들이마시고,
천공은 노래한다, 소진한 영혼에게,
웅성거림 높아 가는 기슭의 변모를.

아름다운 하늘, 참다운 하늘이여, 보라 변해 가는 나를![121]
그토록 큰 교만 뒤에, 그토록 기이한
그러나 힘에 넘치는 무위의, 나태 뒤에,
나는 이 빛나는 공간에 몸을 내맡기니,
죽은 자들의 집[122] 위로 내 그림자가 지나간다
그 가녀린 움직임에 나를 순응시키며.[123]

L'âme exposée aux torches du solstice,
Je te soutiens, admirable justice
De la lumière aux armes sans pitié!
Je te rends pure à ta place première:
Regarde-toi!… Mais rendre la lumière
Suppose d'ombre une morne moitié.

Ô pour moi seul, à moi seul, en moi-même,
Auprès d'un cœur, aux sources du poème,
Entre le vide et l'événement pur,
J'attends l'écho de ma grandeur interne,
Amère, sombre et sonore citerne,
Sonnant dans l'âme uncreux toujours futur!

Sais-tu, fausse captive des feuillages,
Golfe mangeur de ces maigres grillages,
Sur mes yeux clos, secrets éblouissants,
Qule corps me traîne à sa fin paresseuse,
Quel front l'attire à cette terre osseuse?
Une étincelle y pense à mes absents.

Fermé sacré, plein d'un feu sans matière,

지일(至日)의 햇불에 노정된 영혼,
나는 너를 응시한다,[124] 연민도 없이
화살을 퍼붓는 빛의 찬미할 정의여!
나는 순수한 너를 네 제일의 자리로 돌려놓는다.[125]
스스로를 응시하라!…… 그러나 빛을 돌려주는 것은
그림자의 음울한 반면을 전제한다.[126]

오 나 하나만을 위하여, 나 홀로, 나 자신 속에,
마음 곁에, 시의 원천에서,
허공과 순수한 도래 사이에서,[127]
나는 기다린다 내재하는 내 위대함의 반향을,
가혹하고, 음울하며 반향도 드높은 저수조를,
항상 미래에 오는 공허함 영혼 속에 울리는!

그대는 아는가, 녹음의 가짜 포로[128]여,
이 여윈 철책을 먹혀드는[129] 만(灣)이여,
내 감긴 눈 위에, 반짝이는 눈부신 비밀[130]이여,
어떤 육체가 그 나태한 종말[131]로 나를 끌어넣으며,
무슨 이마가 이 백골의 땅에 육체를 끌어당기는가를?
여기서 하나의 번득임[132]이 나의 부재자들[133]을 생각한다.

닫히고 신성하고, 물질 없는 불[134]로 가득 찬,

Fragment terrestre offert à la lumière,
Ce lieu me plaît, dominé de flambeaux,
Composé d'or, de pierre et d'arbres sombres,
Où tant de marbre est tremblant sur tant d'ombres;
La mer fidèle y dort sur mes tombeaux!

Chienne splendide, écarte l'idolâtre!
Quand solitaire au sourire de pâtre,
Je pais longtemps, moutons mystérieux,
Le blanc troupeau de mes tranquilles tombes,
Éloignes-en les prudentes colombes,
Les songe vains, les anges curieux!

Ici venu, l'avenir est paresse.
L'insecte net gratte la sécheresse;
Tout est brûlé, défait, reçu dans l'air
À je ne sais quelle sévère essence…
La vie est vaste, étant ivre d'absence,
Et l'amertume est douce, et l'esprit clair.

Les morts cachés sont bien dans cette terre
Qui les réchauffe et sèche leur mystère.

빛에 바쳐진 대지의 단편,
이곳이 나는 좋아, 불꽃들[135]에 지배되고,
황금[136]과, 돌과 침침한 나무들로 이루어진 이곳,
이토록 많은 대리석이 망령들 위에서 떠는.[137]
여기선 충실한 바다가 나의 무덤들[138] 위에 잠잔다!

찬란한 암캐[139]여, 우상숭배의 무리[140]를 내쫓으라!
내가 목자의 미소를 띠고 외로이,
고요한 무덤의 하얀 양 떼를,
신비로운 양들을, 오래도록 방목할 때,
그들에게서 멀리하라 사려 깊은 비둘기들[141]을,
헛된 꿈들을, 조심성 많은[142] 천사들[143]을!

여기[144]에 이르면, 미래는 나태다.[145]
정결한 곤충[146]은 건조함을 긁어 대고,[147]
만상은 불타고, 해체되어, 대기 속
그 어떤 알지 못할 엄숙한 정기에 흡수된다……
삶은 부재에 취해 있어, 가없고,
고초는 감미로우며, 정신은 맑다.[148]

감춰진 사자(死者)들은 바야흐로 이 대지 속에 있고
대지는 사자들을 덥혀 주며 그들의 신비를 말린다.

Midi là-haut, Midi sans mouvement
En soi se pense et convient à soi-même…
Tête complète et parfait diadème,
Je suis en toi le secret changement.

Tu n'as que moi pour contenir tes craintes!
Mes repentirs, mes doutes, mes contraintes
Sont le défaut de ton grand diamant…
Mais dans leur nuit toute lourde de marbres,
Un peuple vague aux racines des arbres
A pris déjà ton parti lentement.

Ils ont fondu dans une absence épaisse,
L'argile rouge a bu la blanche espèce,
Le don de vivre a passé dans les fleurs!
Où sont des morts les phrases familières,
L'art personnel, les âmes singulières?
La larve file où se formaient des pleurs.

Les cris aigus des filles chatouillées,
Les yeux, les dents, les paupières mouillées,
Le sein charmant qui joue avec le feu,

저 하늘 높은 곳의 정오, 적연부동의 정오[149]는
자신 안에서 스스로를 사유하고 스스로 합치한다……
완벽한 두뇌여 완전한 왕관이여,
나는 네 속의 은밀한 변화다.

너의 공포[150]를 저지하는[151] 것은 오직 나뿐!
이내 뉘우침도, 내 의혹도, 속박도
모두가 네 거대한 금강석[152]의 결함이어라……[153]
그러나 대리석으로 무겁게 짓눌린 사자들의 밤에,
나무뿌리에 감긴 몽롱한 사람들은
이미 서서히 네 편이 되어 버렸다.[154]

사자들은 두터운 부재 속에 용해되었고,
붉은 진흙은 하얀 종족을 삼켜 버렸으며,
살아가는 천부의 힘은 꽃 속으로 옮겨 갔다!
어디 있는가 사자들의 그 친밀한 언어들은,
고유한 기술은, 특이한 혼은?
눈물이 솟아나던 곳에서 애벌레가 기어간다.[155]

간질이는 소녀들의 날카로운 외침,
눈, 이, 눈물 젖은 눈시울,
불과 희롱하는 어여쁜 젖가슴,

Le sang qui brille aux lèvres qui se rendent,
Les derniers dons, les doigts qui les défendent,
Tout va sous terre et rentre dans le jeu!

Et vous, grande âme, espérez-vous un songe
Qui n'aura plus ces couleurs de mensonge
Qu'aux yeux de chair l'onde et l'or font ici?
Chanterez-vous quand serez vaporeuse?
Allez! Tout fuit! Ma présence est poreuse,
La sainte impatience meurt aussi!

Maigre immortalité noire et dorée,
Consolatrice affreusement laurée,
Qui de la mort fais un sein maternel,
Le beau mensonge et la pieuse ruse!
Qui ne connaît, et qui ne les refuse,
Ce crâne vide et ce rire éternel!

Pères profonds, têtes inhabitées,
Qui sous le poids de tant de pelletées,
Êtes la terre et confondez nos pas,
Le vrai rongeur, le ver irréfutable

굴복하는 입술에 반짝이듯 빛나는 피,
마지막 선물, 그것을 지키려는 손가락들,
이 모두 땅 밑으로 들어가고 작용[156]에 회귀한다!

또한 그대, 위대한 영혼이여, 그대는 바라는가
육체의 눈에 파도와 황금이 만들어 내는
이 거짓의 색채도 없을 덧없는 꿈을?[157]
그대 노래하려나 그대 한줄기 연기[158]로 화할 때에도?
가라! 일체는 사라진다! 내 존재는 구멍 나고,[159]
성스런 초조[160]도 역시 사라진다!

깡마르고 금빛 도금한 검푸른 불멸이여,
죽음을 어머니의 젖가슴으로 만드는,
끔찍하게 월계관 쓴 위안자여,
아름다운 거짓말이자 경건한 책략이여!
누가 모르리, 어느 누가 부인하지 않으리,
이 텅 빈 두개골과 이 영원한 홍소(哄笑)를![161]

땅 밑에 누워 있는 조상들이여, 주민 없는 머리들이여,
가래로 퍼 올린 그 많은 흙의 무게 아래,
흙이 되어 우리네 발걸음을 혼동하는구나,[162]
참으로 갉아먹는 자, 부인할 길 없는 구더기[163]는

N'est point pour vous qui dormez sous la table,
Il vit de vie, il ne me quitte pas!

Amour, peut-être, ou de moi-même haine?
Sa dent secrète est de moi si prochaine
Que tous les noms lui peuvent convenir!
Qu'importe! Il voit, il veut, il songe, il touche!
Ma chair lui plaît, et jusque sur ma couche,
À ce vivant je vis d'appartenir!

Zénon! Cruel Zénon! Zéon d'Elée!
M'as-tu percé de cette flèche ailée
Qui vibre, vole, et qui ne vole pas!
Le son m'enfante et la flèche me tue!
Ah! le soleil... Quelle ombre de tortue
Pour l'âme, Achille immobile à grands pas!

Non, non!... Debout! Dans l'ère successive!
Brisez, mon corps, cette forme pensive!
Buvez, mon sein, la naissance du vent!

묘지의 석판 아래 잠자는 당신들을 위해 있지 않다,
생명을 먹고 살며, 나를 떠나지 않는다!

자기에 대한 사랑일까, 아니면, 미움일까?[164]
구더기의 감춰진 이빨은 나에게 바짝 가까워서
그 무슨 이름이라도 어울릴 수 있으니!
무슨 상관이랴! 구더기는 보고 원하고 꿈꾸고 만진다!
내 육체가 그의 마음에 들어, 나는 침상에서까지,
이 생물에 소속되어 살아간다![165]

제논! 잔인한 제논! 엘레아의 제논이여!
그대는 나래 돋친 화살로 나를 꿰뚫었다
진동하며, 날고, 또 날지 않는[166] 화살로!
화살 소리는 나를 낳고 화살은 나를 죽이는구나![167]
아! 태양이여…… 이 무슨 거북이의 그림자인가
영혼에게는, 큰 걸음으로 달리면서 꼼짝도 않는
        아킬레스여![168]

아니, 아니야!……[169] 일어서라! 이어지는 시대 속에!
부숴 버려라, 내 육체여, 생각에 잠긴 이 형태를!
마셔라, 내 가슴이여, 바람의 탄생을![170]

Une fraîcheur, de la mer exhalée,

Me rend mon âme... Ô puissance salée!

Courons à l'onde en rejaillir vivant!

Oui! Grande mer de délires douée,

Peau de panthère et chlamyde trouée

De mille et mille idoles du soleil,

Hydre absolue, ivre de ta chair bleue,

Qui te remords l'étincelante queue

Dans un tumulte au silence pareil,

Le vent se lève!... Il faut tenter de vivre!

L'air immense ouvre et referme mon livre,

La vague en poudre ose jaillir des rocs!

Envolez-vous, pages tout éblouies!

Rompez, vagues! Rompez d'eaux réjouies

Ce toit tranquille où picoraient des focs!

신선한 기운이, 바다에서 솟구쳐 올라,
나에게 내 혼을 되돌려 준다…… 오 엄청난 힘[171]이여!
파도 속에 달려가 싱그럽게 용솟음치자![172]
그래! 일렁이는 헛소리를 부여받은 대해(大海)여,
아롱진 표범의 가죽이여
태양이 비추는 천만 가지 환영[173]으로 구멍 뚫린 외투여,
히드라[174]여, 짙푸른 너의 살에 취해,
정적과 닮은 법석 속에서
너의 번뜩이는 꼬리를 물고 사납게 몰아치는구나,[175]

바람이 인다!…… 살려고 애써야 한다![176]
세찬 마파람은 내 책을 펼치고 또한 닫으며,
물결은 분말로 부서져 바위로부터 굳세게 뛰쳐나온다!
날아가라, 온통 눈부신 책장들이여!
부숴라, 파도여! 뛰노는 물살로 부숴 버려라
돛배가 먹이를 쪼고 있던 이 조용한 지붕[177]을!

ODE SECRÈTE

CHUTE superbe, fin si douce,
Oubli des luttes, quel délice
Que d'étendre à même la mousse
Après la danse, le corps lisse!

Jamais une telle lueur
Que ces étincelles d'été
Sur un front semé de sueur
N'avait la victoire fêté!

Mais touché par le Crépuscule,
Ce grand corps qui fit tant de choses,
Qui dansait, qui rompit Hercule,
N'est plus qu'une masse de roses!
Dormez, sous les pas sidéraux,
Vainqueur lentement désuni,
Car l'Hydre inhérente au héros
S'est éployée à l'infini…

Ô quel Taureau, quel Chien, quelle Ourse,
Quels objets de victoire énorme,
Quand elle entre aux temps sans ressource

비밀의 시가(詩歌)[178]

화려한 추락, 이토록 유순한 종말,
투쟁의 망각, 이 무슨 쾌락인가
춤이 끝난 뒤, 매끈한 몸을
이끼 위에 그대로 누이는 것은!

구슬땀 송송한 이마 위
그 여름 섬광들과 같은
한줄기 미광이[179]
승리를 축하한 적은 없었다!

하지만 황혼이 맞닥치면,
그토록 많은 일을 해내고, 춤을 추고,
헤라클레스를 꺾은, 이 위대한 몸[180]도,
이제는 장미꽃 더미[181]에 지나지 않는구나![182]
서서히 분산되는[183] 승리자여,
항성의 발걸음[184] 아래 잠들어라,
영웅과는 불가분인[185] 히드라가
무한으로 몸을 펼쳤으니……

수단 없는[186] 시간으로 혼이 들어갈 때,
오 이 무슨 황소, 이 무슨 개, 이 무슨 곰,
이 얼마나 엄청난 전리품들을

L'âme impose à l'espace informe!

Fin suprême, étincellement
Qui, par les monstres et les dieux,
Proclame universellement
Les grand actes qui sont aux Cieux!

혼은 형체 없는 공간에 부과하는가!

궁극의 종말이여
괴물들과 신들을 통해,
천공에 있는 거창한 현동(現動)들을
온누리에 선언하는 광채여![187]

1) 1891년 9월 《라 코크(La Coque)》에 발표. 몽펠리에의 파브르 미술관에 있는 쿠르베의 명화 「잠든 실 잣는 여인(La Fileuse endormie)」에서 착상했다. 각운이 전부 부드러운 여성운이다.

2) 라틴어 성경의 마태복음 6장 28절의 문구. 우리말 공동 번역 성서에는 백합화가 아니라 들꽃으로 번역되어 있다.

3) 이 낱말은 말라르메가 번역한 포의 시 「갈가마귀」에 나온다. 「갈가마귀」의 시법이 이 시에 그대로 이용되고 있다. 이 낱말에서 포와 말라르메의 영향을 알 수 있다.

4) 장미나무.

5) 가지 끝에 장미꽃이 달려 늘어져 있는 모습. 대단히 우아한 표현이다.

6) 실타래에 감기는 실.

7) 물레의 회전.

8) 마지막 나무에 붉은 꽃이 피어 있다는 뜻. "마지막 나무"는 마지막으로 인사하는 장미 나무일 것이다.

9) 앞 연의 호격과 말줄임표를 기점으로 하여 실 잣는 여인이 삼인칭에서 이인칭으로 바뀌어 불린다.

10) 1897년 『카이에(Cahiers)』 1권에 발표.

11) 인간의 육체에 깃든 의식의 불이다.

12) 반어로서 동물적 또는 본능적이라는 의미를 강조하려는 표현이다.

13) 정신은 깨어 있을 때 본능적 생명의 충동을 응시하고 지배하나, 잠들어 의식의 통제가 풀리면 본능적 생명이 모습을 드러낸다.

14) 잠은 의식이 없는 상태이기 때문에 시인에게는 불행한 것이다.

15) 사전적인 의미와는 약간 다르다.

16) 잠든 상태에서도 나날의 마음 씀은 완전히 사라지지 않고 꿈에 섞인다는 의미일 것이다.

17) 잠과 깨어남의 경계.

18) 의혹의 구체적인 내용.

19) 이 시는 1926년에 「몇몇 옛 시구(Quelques vers anciens)」라는 제목으로 발표된 것인데, 1926년 판 『구시첩(Album de vers anciens)』에 실렸다. 이 시를 1920년의 『구시첩』에 실린 「꿈나라」와 혼동하지 말 것.

20) 달빛이 물 위에 비치는 공간의 은유.

21) 별들이 박혀 있는 수정의 궁륭으로, 점성술에 의하면 인간의 운명을 결정하는 장소이다.

22) 1920년 《라 비(La Vie)》 3월호에 발표.

23) 단순히 속눈썹인 듯하다.

24) 찌개에 양념을 치듯 방 안에 헌신적인 여성의 분위기를 덧붙인다는 의미일 것이다.

25) '햇빛-시인의 시선', '창유리-여성'의 비유로 알 수 있듯이, 시인과 여성은 서로에게 없는 듯이 존재한다. 시선의 부재는 눈을 살며시 감고 명상에 잠긴 시인의 시선을 가리킨다.

26) 시인 자신을 가리킨다. 이를 구해 낸다는 것은 기계가 아닌 사람이게 한다는 뜻.

27) 불가능한 것을 꿈꿀 수 있다는 의미.

28) 자신에게 묻고 자신이 대답하는 이 과정에는 시에 대한 절망, 시 쓰기의 포기 의향, 죽음과 무(無)의 항구성 인정, 쓸데없는 짓을 하려 한다는 회의가 함축되어 있다. 하지만 발레리는 그래도 무언가를 해야 한다는 파우스트적인 생각으로 곧장 돌아가는 듯하다. 그래서 제목이 '제쳐 놓은 노래'인 것 같다.

29) 1922년 2월 《레 푀예 리브레(Les Feuilles libres)》 25호에 발표.

30) 인류 정신사의 대해(大海). 따라서 여기에 던진 포도주는 발레리의 시일 것이다.

31) 뒤의 유실과 상통한다. 바다에 던진 술 방울이 흔적 없이 사라지듯 시 또한 무(無) 또는 소멸의 기미를 안고 태어난다.

32) 예지와 우연의 종합.

33) 그리스도의 희생을 함축.

34) 포도주가 던져진 대양에서 피어오른 구름인 듯하다.

35) 필시 창공의 투명성일 것이다.

36) 상승과 하강의 교대. 일종의 대기 현상에 기댄 표현이다.

37) 사라진 포도주, 곧 쓰인 시가 독자의 정신 속에서 빚어내는 형상들. 발레리는 자신의 시가 "포도주"이기를 바란 듯하다.

38) 1921년 《푀이예 다르트(Feuillets d'art)》 11월호에 발표.

39) 내가 깨어 있는 침대. 필시 잠을 청하는 듯하나 주의 깊게 기다리고 있는 상태를 나타낼 것이다.

40) 나의 침묵이 너를 부른 듯하다. 이 시에 상징적 의미가 있다면, 이 발걸음은 침묵 속에서 익어 가는 사유 또는 어떤 리듬의 추구일 것이다.

41) 성서적 발상. 수태고지를 연상시킨다. 마리아에게 신의 그림자가 덮이고 신의

아들 예수가 잉태된다. 위격은 성부, 성자, 성신 각각의 지위를 가리킨다. 순수하다는 것은 아직 육체화되지 않았다는 뜻이다. 여기에 이 시의 상징적 해석을 뒷받침하는 가장 확실한 근거가 있다.

42) 규칙적인 걸음으로 나아간다는 뜻.(어원적인 의미)

43) 생각에 잠긴 시인 자신.

44) 입맞춤의 감미로움 속에서의 몰아 상태 또는 무아지경인 듯하다.

45) 입맞춤에 따르는 미묘한 감정의 표현. 사실 이 시는 단순히 발레리의 감정 생활의 단면만을 보여 주고 있는지도 모른다.

46) 너에서 당신으로의 변화는 이 마지막 대목에 애정 어린 장중함을 부여한다.

47) 1919년 12월《라 누벨 레뷰 프랑세즈(La Nouvelle Revue Française)》에 발표됨.

48) 마르세유에서 태어난 소설가 겸 평론가(1880-1959). 발레리를 세상에 알렸다.

49) 나의 가슴. 나는 여자이다.

50) 걸치나 마나 할 정도로 얇은 레이스.

51) 유방.

52) 핏방울.

53) 젖무덤의 살.

54) 꿀벌에 의해 초래된 가벼운 쓰라림. 이 시의 화자인 여성은 날카롭지만 짧은 고통이 사랑에 대한 치명적인 무기력에서 자신을 구해 내도록 꿀벌에 찔리기를 원한다.

55) 1921년《라 레뷰 드 프랑스(La Revue de France)》9호에 발표. 이 시는 시 창조에 대한 발레리의 생각을 살펴볼 보기이다.

56) 원래의 의미는 솜털. 시와 시인의 관계가 어머니와 어린이의 관계로 표현되어 있다.

57) '그대의 하얀 팔이 나를 감싸 안으면'이라는 의미.

58) 빛과 어둠은 이 시의 핵을 이루는 대구이다.

59) 형상들의 원천 또는 카오스에 대한 직관. 불생불멸을 깨달은 것인가?

60) 시법(詩法)의 엄밀하고 가혹한 법칙.

61) 명상이나 영감의 순수한 침묵.

62) 아무리 숭고한 영감이라도 표현되지 않으면 아무것도 아니며, 시는 깊은 감정을 표현하지 않으면 아무런 가치가 없다.

63) 따라서 이 곤경에는 약이 없지는 않다.

64) 삼인칭으로의 변화는 시인이 자신의 처지와 객관적인 거리를 두고 말한다는 것을 일러 준다.

65) 1922년 3월《레 에크리 누보(Les Ecrits nouveaux)》9권 3호에 게재됨. '저녁의

조화'를 노래한 이 시의 이미지와 울림은 보들레르의 「저녁의 해조」에 비해 덜 풍부하다. 하지만 황혼의 장밋빛 하늘에 떠 있는 그림자들, 자연 속에 자신이 용해된다는, 재빨리 사라지는 환각, 마지막 대목의 감미롭고 동시에 음울한 고독의 인상 등으로 보아 훨씬 더 덧없고 미묘하다.

66) 산문적인 진부한 어구에 이 형용사가 붙음으로써 그 문구가 다채로워지고 시화(詩化)된다.

67) 석양의 광경을 보고 황홀에 겨워 말을 잊은 시인.

68) 자신 속에 침잠할 때는 시인이 부재하고, 그 띠에 의해 세계와 연결될 때는 현전한다.

69) 그 띠, 곧 석양에 물든 구름이 이제는 하늘과 마찬가지로 어두워지고, 그리하여 영혼이 포근히 싸일 수의의 이미지가 된다.

70) 1920년 6월《라무르 드 라르(L'Amour de l'art)》2호에 헌사 없이 발표됨.

71) 프랑스의 과학자(1889-1952)로서 소설과 시도 썼다.

72) 잠자는 얼굴 표정. 가면은 감추고 있다는 동사를 연상시킨다.

73) 불타는 것은 잠자는 여인이 아니라 그녀의 비밀들이다. 그녀는 가슴속의 비밀들을 불타게 하고 소진시키며 그것들을 양식으로 삼는다.

74) '순진한' 또는 '숫한'이라는 뜻 외에 '타고난' 또는 '본래의'라는 예스런 의미도 있다.

75) 비물질적이라는 의미.

76) 두음 반복과 리듬이 잠자는 여인의 호흡을 닮아 있다.

77) 잠의 신비를 숙고하는 연인은 그 잠에 대해 원인 모르게 질투를 느끼지만, 눈물보다 더 감동적인 평화로움에 압도된다.

78) 너의 육체적 존재, 너의 아름다운 육체.

79) 1819년 3월《라 코크(La Coque)》지에 발표. 이 시는 발레리 사상의 핵심 부분에 해당하는 순수자아의 문제를 주제로 하고 있다.

80) 이 헌사는 몽펠리에 식물원에 있는 비석의 비명이다. 18세기 영국 시인 에드워드 영(Edward Young, 1683-1765)의 외동딸 엘리자가 폐병 때문에 그곳에서 요양하다가 죽자, 영은 딸의 시체를 남몰래 그 공원에 묻었고, 그 뒤 유골을 발견한 시민들이 위의 헌사가 적힌 비석을 세워 주었다고 한다. 나르키사는 나르시스를 꼭 닮은 그의 누이로서, 딸을 여읜 영이 「밤」이라는 시에서 자기 딸에게 이 이름을 붙인다.

81) 쪽빛의 수면.

82) 모든 것을 매혹하지만 스스로는 사랑할 줄 모르는, 말하자면 님프들의 사랑에 응할 수 없는 아름다움.

83) 물의 푸르름은 어둠이 수면에 내리면 이내 소멸하기 때문에 필멸이다.

84) 물에 비친 나르시스의 영상은 바람이 일면 금세 사라지고, 밤이 오면 보이지 않게 되어 실체가 없기 때문에 덧없다.

85) 뒤엉킨 나뭇가지들.

86) 낮과 밤이 뒤섞인 저녁 시간.

87) 나르시스는 물에 비친 자기 모습을 자세하게 살핀다. 달과 이슬의 육체는 달빛 덕분에 볼 수 있는 물속의 자기 영상.

88) 자신의 몸짓대로 변하는 반영이기 때문이다.

89) 물에 비친 자신의 영상. 나르시스와 자신의 영상 사이에서 벌어지는 안타깝고 모순적인 드라마를 보여 주고 있다.

90) 도리어 물결이 일기를 바람. 작별과 소멸을 하나하나 떨어지는 장미 꽃잎의 이미지로 나타낸다. 이 이미지는 다음의 입맞춤으로 변용됨.

91) 샘물의 수면.

92) 내 숨결에 수면이 파동하고 물 위의 내 영상도 물결에 따라 움직인다.

93) 필시 밤하늘의 풍경일 것이다. 밤이 깊어 가면서 별자리들은 움직인다. 이를 가축 떼들의 이동으로 묘사한 듯하다. 목동의 피리는 상상적인 요소로서 사후에 불러들인 것 같다.

94) 입맞춤과 애무는 '바라는 것'만으로 수정과 같은 샘물의 수면은 물결이 일고 자신의 영상도 추방되어 버릴 것이라는 뜻.

95) 시인은 사랑하는 제 영상의 소멸에 대한 보상으로 우주적인 노래가 울려 퍼지기를 바란다.

96) 요정들.

97) 시인의 노래는 이 땅에서의 고독과 고통이 내포된 인간적인 노래이다.

98) 1918년 6월 《레 에크리 누보(Les Ecrits nouveaux)》 2권 8호에 발표.

99) 이 형용사로 말미암아 문장이 교묘해진다.

100) 파렴치한 속마음.

101) 1920년 5월 《리드메 에 신테제(Rythme et Synthèse)》 7호에 발표됨.

102) 발견의 결과로 또는 발견의 압력으로.

103) 석류 알맹이들.

104) 시인은 석류에서 자기 정신의 구조 자체와의 유사성을 본다.

105) 1920년 6월 《라 누벨 레뷰 프랑세즈》에 게재됨. 이때의 시절(詩節) 배열은 최종 원고와 다소 달랐으며 명구(銘句)도 없었다. 해변의 묘지는 시인의 고향인 지중해 연안의 세트(원래 'Cette'였으나 1927년 8월부터 'Sète'로 바뀜.)에 있는 묘지로서, 여기에 발레리 집안의 무덤들이 있고, 발레리 자신도 이곳에 묻혔다.

106) 이 노래는 기원전 474년경에 시칠리아의 참주(僭主) 히에론이 델포이의

아폴로 축제 경기에서 경마에 우승한 것을 축하하기 위해 쓰인 것이다.

107) 마지막 연에서도 알 수 있듯이 돛배들의 은유이다. '바다-지붕, 돛배-비둘기'의 은유가 뚜렷이 상응한다.

108) 명상, 지적 작업.

109) 이 5, 6행은 발레리의 묘비에 새겨져 있다.

110) '소진하다'나 '태워 버리는 듯하다'보다는 라틴 어법으로 '완전히 포함하다' '숨기다'의 의미. 앞 시행의 "솜씨"와 연관시켜 '다듬어 내다'의 뜻으로 옮긴다.

111) 보인다는 것은 착각의 표현이다. 뒤에서 시인은 불안에 휩싸인다. 이것은 거품의 금강석이라는 허망한 이미지와 상응한다.

112) 우주를 움직이게 하는 최초의 동인으로서의 신과 같은 존재.

113) 시간과 꿈.

114) 영혼과 동일시된 바다에 대한 일련의 호격. 지붕의 이미지가 구체화된다. 곧 바다는 태양에 지붕이 반짝이고 보이지 않는 보물이 간직된 지성의 사원을 생각게 하며, 이 이미지는 반짝거리고 비밀 가득한 눈의 이미지와 결합한다. 바다처럼 시인의 영혼도 상징적 사원을 내포한다.

115) 순간 속의 영원 또는 시간 의식의 소멸.

116) 시간의 사원.

117) 바다를 이리저리 살피는 시선.

118) 하늘의 높이가 아니라 바다의 깊이라는 라틴 어법상의 의미.

119) 바다의 반짝임은 응시자의 영혼에 탁월한 침착성을 불어넣는다.

120) 시인이 죽어 육신이 흙으로 돌아갈 때 하늘로 올라가는 영혼의 연기 또는 시인의 무덤에 놓일 향로의 연기. 무덤에서 피어오르는 향연.

121) 바다를 정관함으로써 부동에 유혹받던 시인에게 변화의 관념이 싹트기 시작한다. 시인의 시선은 바다에서 기슭을 거쳐 묘지로 옮아간다.

122) 무덤들.

123) 이제 시인은 앉은 자리에서 일어나 느릿느릿 산책한다.

124) '옹호한다' 또는 '지지한다'보다는 오래 붙들고 있다, 성찰한다는 뜻일 것이다.

125) 빛은 의식의 가차 없는 명철성을 상징한다. 따라서 영혼의 가치들에서 제일의 위치를 차지한다.

126) 빛과 그림자는 서로 섞이는 반면(半面)이다. 진정한 창조는 그림자에 의한 빛의 창조이다.

127) 시인은 내성(內省)을 계속하면서 텅 빈 카오스의 공간에서 창조로 넘어오는 순간의 의식을 성찰한다.

128) 나뭇잎 사이, 묘지의 철책 사이로 보이는 바다.

129) 바다의 눈부신 배경 때문에 묘지의 철책이 간신히 보인다는 뜻.

130) 바다 및 만과 동격. 깊은 바다 밑의 신비들을 가리킨다.

131) 서서히 진행되어 다가오는 죽음 또는 부패.

132) 영혼.

133) 시인이 오래도록 생각하고 있는 사자(死者)들.

134) 햇빛.

135) 불타는 듯한 태양의 광선 또는 무덤 주위에 심은 불꽃 모양의 실편백나무들.

136) 빛.

137) 뜨겁게 덥혀진 공기가 무덤의 대리석 위에서 뜬다는 의미.

138) 명상의 대상으로서의 무덤들.

139) '무덤-양 떼'를 충실하게 지킨다는 내포에서 나온 바다의 은유.

140) 사후의 삶을 믿는 무리.

141) 성령의 화신, 영혼 불멸의 상징.

142) 라틴 어법상의 의미.

143) 수호천사라는 이름으로 각자에게 친밀하고 각자를 돌보는 천상의 존재들.
돌보려면 조심성이 많아야 할 것이다.

144) 죽음의 경지.

145) 죽은 자들에게 미래는 더 이상 고통의 주제일 수 없다. 또는 불멸의 미래를
믿는 것은 정신의 게으름이라는 두 가지 해석이 가능하다.

146) 매미를 말한다.

147) 이 시행의 리듬은 매미 울음소리를 닮은 것 같다.

148) 이 헐벗은 듯 단순한 풍경은 건조한 매미 울음소리와 더불어 인간에게
가혹한 명철성을 강요하는 듯하다.

149) 불변하는 절대적 존재, 곧 신. 이에 견줄 때 인간은 변화를 표상한다.

150) 절대적 존재가 인간에게 불어넣는 공포.

151) '체험하는'으로 해석하는 이들도 있다.

152) 신적인 완전함의 상징.

153) 이 두 시행에서 시인은 '이브를 유혹한 뱀'의 말을 답습하고 있다. 신은
뉘우침과 불안으로 가득 찬 불완전한 존재를 창조함으로써 자기 존재의
순수성을 변질시켰다는 것이다.

154) 죽은 자들은 절대의 편이 되어 버렸다. 다시 말해 그들은 의식을 잃은 뒤
허무로 되돌아간다는 의미이다.

155) 죽으면 끝이라는 사실의 확인.

156) 썩어 거름 되는 자연적 변모의 작용.

157) 시인은 감각 세계보다 우월하다고 하는 플라톤적 이데아 세계를 믿지
않는다. 감각 세계가 이데아 세계의 반영인 것은 아니라는 생각이다.

158) 비물질적인 환영.

159) 물통이나 풍선의 구멍으로 물이나 공기가 빠져나가듯, 영혼이 육체에서 사라져 버린다는 의미.

160) 영혼 불멸에 대한 초조한 기원.

161) 시인은 불멸을 표상하는 우의적 이미지들을 신랄하게 조롱한다. 그는 죽음에서 해골과 그 텅 빈 두개골만을 본다.

162) 죽은 자들은 산 자들의 발걸음을 구별할 수 없다는 뜻이다.

163) 진정한 구더기는 살아 있는 자를 갉아먹는 의식이다.

164) 다분히 긍정적인 의문. 의식은 자기에 대한 사랑 또는 미움이다. 미움은 무관심보다 사랑에 가깝기 때문이다.

165) 의식이 고통의 원천일지라도 상관없다는 의미이다. 의식은 인간의 속성이고 삶의 이유이기 때문이다.

166) 순간의 관점에서 보면 화살이 멈추어 있다는 궤변. 의식의 모순이다.

167) 움직임을 부정하는 화살의 논거는 궤변이라는 주장이다. 화살의 진동음은 나를 떨게 하고, 그리하여 내가 살아 있다는 것을 나에게 증명하며, 화살은 또한 나를 죽임으로써 내가 살아 있었다는 것을 입증한다.

168) 닿을 수 없는 절대의 상징인 태양과 거북, 영혼과 아킬레스 사이의 이 비유는 타당성을 떠나서 '약간의 철학적 색채'를 환기하는 것이 사실이다.

169) 이 '아니다.'는 움직임을 인정하지 않는 이들에 대한 부정이다. 그렇다고 행동에 뛰어들기 위해 내성을 포기한다는 의미는 아니다. 명철성이 삶의 에너지와 양립하지 않는 것은 아니다. 시인은 시간이 폐기되는 부동성만을 포기한다.

170) 여기에서는 바다가 움직임과 삶의 상징이다.

171) 바다의 힘.

172) 이제 시인은 우리를 기만하는 추상적인 유희를 거부한다. 역사를 시간 밖으로 내쫓아 버리는 제논의 운동부정설을 배격하고, 피 끓는 심장을 지닌 까닭에 역사 속의 행동에 몸을 던진다. 역동성의 표본인 바다는 행동 자체이며, 인간적인 현실의 생명력이 약동하는 장이다. 시인은 이러한 바다에 뛰어들고는 거기에서 자신의 혼과 엄청난 힘을 얻어 다시 튀어나올 것이다.

173) 우상은 희랍적 의미에서 실체가 아닌 반영 또는 이미지란 뜻을 내포한다.

174) 히드라는 물과 괴물이라는 두 가지 의미로 사용되고 있다. 대단히 암시가 풍부한 이 호격들은 바다에 대한 찬사이다. 그리고 꼬리를 물고 있는 뱀은 원의 형상으로서, 유한하나 언제나 다시 시작되는 것의 상징이다.

175) 절대적이라는 뜻은 적절치 않다. 이처럼 라틴 어법적 의미로 새기는 것이

옳다.

176) 기나긴 명상의 결론치곤 아주 평범하다. 그러나 여기에 삶에 대한 성실하고 참다운 태도가 들어 있다. 가장 평범한 것 속에 진실이 있기 때문일 것이다.

177) 맨 첫 행의 이미지, 곧 지붕과 비둘기들로의 회귀.

178) 1920년 2월 《리테라튀르(Littérature)》 12호에 게재.

179) 태양의 마지막 광선이 땀방울을 반짝이게 한다.

180) 태양을 연상시킨다.

181) 황혼의 장밋빛.

182) 그리스 신화에서 헤라클레스의 죽음은 태양의 익사에 빗대어 이야기된다.

183) 노력 뒤에 긴장이 풀림을, 또는 죽음을 암시한다.

184) 별들의 느린 운행.

185) 영웅과 그가 정복하는 히드라의 일체함을 상기시킨다. 이 히드라는 필시 우선 자기만족으로 향하고 이제는 무한으로 펼쳐진 인간 영혼의 상징일 것이다.

186) '자체의 원천으로 거슬러 올라갈 수 없다.'는 또는 '돌이킬 수 없다.'는 의미.

187) 패배당해 별자리가 된 이 괴물들은 우주의 신비를 꿰뚫어 보는 정신의 위대함을 증언한다. 그 별자리들이 빛을 '광채로서의 정신'으로부터 부여받은 듯하다.

폴 발레리(1925년경)

아카데미프랑세즈 회원으로서 폴 발레리(1927년)

1871년   세트(Cette = Sète)에서 탄생. 발레리 가(家)는 뱃사람
         집안.
1884년   세트를 떠나 몽펠리에로 정착. 지독한 독서. 테오필
         고티에와 보들레르 발견.
1885년   빅토르 위고를 읽기 시작.
1887년   두 개의 극본을 씀. 「모르간의 꿈(Le Rêve de Morgan)」,
         「노예들(Les Esclaves)」.
1889년   플로베르의 『성(聖) 앙투안의 유혹(La Tentation de Saint
         Antoine)』과 위스망스의 『거꾸로(À rebours)』를 읽음.
         위스망스에게 깊은 감명을 받음.
1890년   몽펠리에 대학 600주년 기념 축제 때 피에르
         루이와 만남. 편지 교환 시작. 말라르메의
         『헤로디아드(Hérodiade)』를 권유 받음. 말라르메에게
         처음으로 서신 띄움. 두 편의 시 동송. 시인의 소질이
         있다는 회신 받음. 「나르시스는 말한다(Narcisse
         parle)」를 루이에게 보냄. 루이의 권유로 앙드레 지드가
         발레리를 만나러 옴.
1891년   나르시스에 관한 3부작 중 최초의 것인 「나르시스는
         말한다」가 루이가 창간한 《라 코크(La Coque)》에
         발표됨. 루이의 소개로 말라르메를 만남.(말라르메는
         "당신의 「나르시스는 말한다」에 매혹되었소……
         계속해서 그 희귀한 톤을 지키시오."라는 내용의
         편지를 보냈다.)
1892년   9월에 심각한 심적 위기로 문학을 포기할 결심을 함.
1893년   지드와 편지 교환. 명료하게 사고하려는 생각이
         더욱 깊어짐. 1892년의 위기에 대해 암시하면서,

"전의 긴장은 의식의 발전, 다시 말해 자유롭게 보고
판단하는 데 크게 기여했다."라고 씀.

1894년 파리에서 살고 싶다는 욕망 표시. 3월 파리에 감. 그의
방에 루이, 지드, 앙리 드 레네 등이 드나듦. 영국 여행
중 「테스트 씨와의 저녁(La Sorée avec Monsieur Teste)」을
쓰기 시작.

1895년 「레오나르도 다빈치 방법론 입문(Introduction à la méthode
de Léonard de Vinci)」을 씀. 이탈리아 여행.

1896년 『테스트 씨와의 저녁』 출판.

1900년 자니 고비야르와 5월에 결혼. 네덜란드와 벨기에 여행.

1901년 글루크의 「오르페우스(Orphée)」를 보고 감동.

1902년 지드와 계속 편지 교환.

1903년 장남 클로드 탄생.

1906년 장녀 탄생. "꼬마 아가씨가 오늘 아침 우리 집에
왔네."라고 지드에게 편지. 랭보를 다시 읽음.

1912년 갈리마르 출판사에서 「테스트 씨와의 저녁」,
「레오나르도 다빈치 방법론 입문」, 그 시기의 여러
단장들(간단히 말해 첫 작품집에 들어갈 수 있는
모든 것을 보내 달라는 지드의 편지)을 지드의 완강한
여러 번의 편지로 결국 출판하기로 함.

1917년 추운 겨울날(1월 22일) 루이가 방문. 발레리는 램프
불 밑에서 자신의 시를 읽는다. 루이가 제목을
「섬(Iles)」으로 하라고 제안. 발레리가 「젊은 파르크(La
Jeune Parque)」라고 붙임. 20년 만의 유명한 침묵을 깨고
4월에 발표. 대단한 반응.

1919년 『테스트 씨와의 저녁』, 『레오나르도 다빈치 방법론
입문』 발간.

1921년 릴케가 지드에게 발레리에게 감동했다는 내용의
편지를 씀. "나는 홀로 있었다. 나는 기다리고 있었다.

나의 모든 작품도 기다리고 있었다. 어느 날 나는 발레리를 읽었다. 그리고 내 기다림이 끝이 난 줄 알았다."라는 유명한 구절이 거기에 들어 있다.

1924년   릴케와 만남. 두 사람의 해후를 기념해서 릴케는 버드나무를 심음. 『다양성(Variété)』 초판 발간.

1925년   라베 브레몽, 발레리를 설명하기 위해서 순수시 개념 제안.

1928년   테아르 드 샤르뎅과 만나 만일 정신주의와 물질주의 중 하나를 선택하라면 후자를 선택하겠노라고 진술. "정신적인 것은 정신을 가장 덜 요구하는 것이기 때문에."

1929년   발레리의 소개로 아인슈타인과 베르그송을 만남. 『다양성 Ⅱ(Variété Ⅱ)』 출간.

1930년   베르그송을 만나 "미래가 결국은 과거의 원인이라고 생각하게 될 것."이라고 진술.

1931년   『실질 세계의 고찰(Regards sur le Monde actuel)』 출간.

1936년   『다양성 Ⅲ(Variété Ⅲ)』 출간.

1945년   7월 20일 아침 9시에 생을 마감함.

폴 발레리의 시와 방법

김현

> 나는 그걸 알지도 못하고, 모든 것에 있어서처럼,
> 시에서도 발견할 수 있고 유도해 낼 수 있는, 그러나
> 그것의 탐구가 이 예술의 제작에 아무런 중요성도 가지지
> 않는 문제를 우회하여 시로 간 셈이다.

이렇게 '본의 아닌 시인'으로 불리는 발레리는 『기억의
단편들』에서 자신의 시에 대한 태도에 대해 명백하게 말하고
있다. 발레리의 이 진술은 (대부분의 시인들이 생각하듯 시를 그
자체로 충족된 초월적 대상으로 보고 있는 것과는 달리) 시를
단순히 자신의 전 생애를 통해 추구하고 있었던 문제를 해결하기
위해 시험한 한 수단에 불과하다고 생각한 것을 말해 주고 있다.
그가 시를 한 수단으로 삼아 탐구해 온 것은 '의식이 어느 정도에
이르기까지 명확할 수가 있느냐.'는 것이었다.

우연적인 것이 상당한 중요성을 차지하는 인간의 사고 양태에
있어서 사고를 엄격히 규제하고 제어하여 가장 의식적인 상태를
유지하고, 심적인 우연이 주는 '흥미 있고도 유용한 결과'를
의식의 불빛 아래서 다시 발견해 내려는 것. 이것이 발레리의
유일한 문제였다. 그리하여 테스트 씨를 빌려서 발레리는 "무엇이
나는 가장 고통스러웠을까? 아마도 나의 사고를 발전시키는
습관에 대해서일 것이다. 말하자면 나에게 있어서 끝까지 가
보려는 습관 말이다."라고 말하고 있다.

아무리 말똥말똥한 의식을 가지더라도 우연을 피할 수는 없다.
그럼에도 불구하고 발레리는 의식의 명확성을 추구한다. 인간은

비록 불완전하지만 자신이 불완전하다는 것을 알고 있으므로, 정신 혹은 의식 그 자체이기 때문에 정신이 무엇인가를 모르는 악마나 완전자보다 훨씬 더 위대하다고 발레리는 생각한다.

발레리에게 인간의 인간성을 가장 높은 위치로 이끌어 올리는 것은 이 의식의 명료성에 의한 것일 뿐이다. 이 의식의 극한이 그리는 궤적만 좇는다는 것, 알랭이 말한 대로 '정신의 역사'에만 관심을 갖는다는 것은 발레리의 파우스트처럼 아주 무미건조하고 쓸쓸한 생을 가져올 것이다. (파우스트를 향해 고독한 자는 말한다. "그런데 사고란 고적(孤寂) 자체이며 그의 메아리가 아닌가.") 그것은 쓰디쓴 권태로운 생활일 것이다. 그런데도 발레리는 이러한 태도를 버리지 못한다. 그는 어리석지 않기를 원하며 속임을 당하기 싫어하기 때문이다. 「제쳐 놓은 노래(Chanson à part)」에서 발레리는 이렇게 노래하고 있다.

무얼 바라니? 아무런 것도, 그러나 전부를.

무얼 아니? 권태를.
무얼 할 수 있지? 꿈꾸는 걸.
매일 낮을 밤으로
바꾸려고 꿈꾸는 걸
무얼 알지? 꿈꿀 줄을,
권태를 갈아 치우려고.

발레리에게 중요한 것은 의식적인 사고의 궤적이며 그 궤적의 현재성이다. 이렇게 의식을 규제하고 그 의식의 명료성을 인식하기 위한 수단으로서 발레리는 시에 접근한다. 그러므로 발레리에게는 시 작품보다 시가 쓰이는 과정이 훨씬 중요하다. 발레리는 도처에서 말한다.

① 나는 항상 시를 만드는 나를 관찰하면서 시를 썼다.
바로 그 점에서 나는 단순히 시인이었던 적은 없었던
듯하다. 나는 아주 빨리 사고의 실재와 효과의 실재가
아주 다르다는 것을 알아차렸던 것이다.

② 나는 한 번 더 작업이 작업의 산물보다 더 깊이 내
흥미를 끈다는 것을 자백한다.

③ 나는 몇 년 전에, 실신 상태에서, 휘광 같은 걸작을
쓰기보다는 아주 명료한 의식 아래 평범한 작품을 쓰는
것이 더 좋다고 말하여 몇몇 사람을 놀라게 한 적이
있었다.

④ 작시(作詩)나 구축(構築)한다는 그 생각만이 나를
미치게 한다.

발레리는 '흥미 있고 유용한 결과'를 부여해 주는 심적 우연의
상태를 아주 '명료한 의식'으로 파악하려고, 말을 바꾸면 그것으로
의식을 훈련시키려고 시에 접근한 셈이다. 그러므로 발레리에게
시나 수학은 같은 것이다. 발레리는 그러면 시인이 아닌가? 나는
그럼에도 불구하고 발레리는 아주 위대한 시인이라고 생각한다.
그것은 그의 의식이 그린 궤적의 폭이 지극히 크고 넓었다는
점에서, 그리고 그도 불평하듯 고백하고 있지만 그의 의식의 틀
밖으로 그도 모르게 뻗어 나간 '그의' 언어가 내뿜고 있는 빛
때문에 발레리는 더욱 위대하다고 나는 생각한다. 발레리의 시는
모순의 소산이다.

미는 부정이다

발레리 시학의 가장 기본적인 명제는 '미는 부정이다.'라는
것이다. 왜 미는 부정인가. 말이 결핍되어 있는 상태를 말로써

표현해야 한다는 것, 즉 '표현할 수 없음(l'inexprimabilité)'을 표현해야 하기 때문에 발레리는 미는 부정이라고 생각한다. 확실히 '아름다움'은 우리에게 침묵을 강요한다. 우리는 어떤 것을 보고 '아름답다.'고 느끼지 않는다. 그것은 언어로 표현된 후의 상태이다. 처음에 우리는 다만 '어떤' 감정을 느낄 뿐이다. 그것은 조잡하고 속된 언어로써는 표현될 수 없는 '어떤' 것이며, 그런 의미에서 그것은 '미결정의 속사(屬辭, un attribut d'indétermination)'이다. 그것은 우선 언어를 거부하기 때문이다. 언어를 거부한다기보다 그에 맞는 언어는 미결정된 채 기다리고 있다는 것이 더 정확할는지 모른다.

여기서 언어에 의한 독단의 필요성(la nécessité de l'arbitraire)이 생겨난다. 언어로써 감싸이고 표현되기를 기다리고 있는, 아마도 본질적으로 표현될 수 없는 어떤 것에 독단으로 언어를 부여하고, 그래서 그 어떤 것에 '수수께끼의 가치(valeur d'énigme)'를 줌으로써 의식의 표면으로 그 어떤 것을 이끌어 내는 독단의 필요성이 이때 생겨난다. 예술가란 이런 독단의 필요성을 기다리며 살고 있는 셈이다. 이러한 예술가의 독단이란 '본질적으로 불완전한 질문에 절대적으로 정확한 답을 주려는' 노력 이외에 아무것도 아니며, 그런 의미에서 이것은 미의 부정이다.

그런데 이 부정은 단순한 부정이 아니다. 그것은 그렇게 되지 않을 수 없는 필연성을 가진 부정이다. '어떤' 것으로, 미결정의 속사로밖에는 존재할 수 없었던 것, 혹은 '존재하지 않을 수 있었던 것(avoir pune pas être)'은 이 독단의 필요성에 의해 언어로서 정립되고 확정되어 '존재하지 않을 수 없는 것(ne pa spouvoir ne pas être)'이 되고 그것은 언어가 갖는 주술적 효과로, 갑작스러운 은총으로 '있는 그대로 존재해야 할 것(devoir être ce qu'il est)'이 된다. 예를 하나 들어 보자.

여윈 달이 성스러운 빛을 쏟는다

가벼운 은빛 천의 치마처럼,
진주와 진주모 빛 얇은 사(紗)의 어떤 처녀가
꿈꾸듯 걸어가는 대리석 더미 위로.

어스름히 빛나는 깃털 용골돌기로
갈대를 스치는 고운 백조들을 위해,
달의 손이 새하얀 장미를 꺾어 흩뜨리면
꽃잎은 물 위에 원을 그린다.
                              ─「똑같은 꿈나라」에서

　발레리는 이렇게 달밤을 노래한다. 대리석 암상 위에 달빛은
그 여윈 빛을 보내고, 호수 위에서 반짝거린다. 이런 풍경 앞에서
발레리는 언어로서 표현되기를 기다리는 '어떤' 것을 느낀다.
대부분의 경우 그것은 말라르메의 경우처럼 발레리에게도
휘광처럼 온다. 이런 경험에 대해 발레리는 말한다.

　　산보로 피곤을 풀려고 집을 나와서는 권태로움에 잠겨
　　여기저기를 쳐다보고 있었다. 내가 거주하고 있는 그리고
　　아주 급격히 경사가 진 거리를 따라가다가, 나는 나에게
　　머무르고 있는 리듬에 '사로잡혔다.' 그러고는 이상한
　　기능의 인상을 받았다.

　이것은 말라르메가 '페널티엠은 죽었다.'라는 그 이상한
리듬을 느꼈을 때의 감각과 거의 비슷하다. 여하튼 발레리는
이런 식으로 언어를 기다리고 있는 '어떤' 것을 만난다. 이러한
어떤 것에 언어를 붙이려고 발레리는 노력한다.(물론 그의 명확한
의식을 가지고.) 그리하여 발레리는 달빛에서 "진주와 진주모
빛 사(紗)의 어떤 처녀"를 불러내고 "백조"와 "새하얀 장미"를
불러낸다. 그것은 모두 달빛에 지나지 않는다. 그것은 발레리

식으로 표현하면 '존재하지 않을 수 있었던 것'들이다. 그런데 그것들은, 그 어떤 것을 발레리가 '처녀', '백조', '장미'라는 언어로 부르자 '존재하지 않을 수 없는 것'이 되고, 그리하여 언어로서 정착되어 버렸기 때문에 있는 그대로, 마치 정말 백조와 장미와 처녀가 있었던 것처럼 나타난다. 발레리를 통하여 달빛은 처녀가 되고 장미가 되고, 물결에 반짝이는 부서진 달빛은 장미의 꽃잎이 된다. 그것은 이제는 존재하는 것이다. 이렇게 '존재하지 않을 수 있었던 것'은 언어를 통해 '존재하지 않을 수 없는 것'이 된다.

그런데 발레리는 말한다. 언어를 신뢰할 수 없다는 것이다. 있는 것처럼 존재해야만 하게끔 만드는 언어는 그 자체의 실용성, 혹은 습관성 때문에 정확히 말을 하려면 할수록 더욱 모호해지고 소위 음향, 리듬, 이미지의 공명 등의 미학적 측면이 무시된다는 것이다. 물론 산문에서도 이러한 곤란은 마찬가지일 것이다. 그러나 산문에서는 '한 계획을 세우고 그걸 따라갈 수가' 있는 법이다. 그런데 시에서는 그럴 수가 없다. 시에 있어서는 '사고에 의해 시작'할 도리가 없다.

말라르메가 말해 준 대로 시가 춤이며 산문이 보행이라면 이 멜로디와 음률 등을 계획에 의해 어떻게 따라갈 수 있을 것인가. 어떻게 언어의 그 모호성과 습관성을 가지고(춤이 필연적으로 요구하는) 음악의 상태에 도달할 수 있을까. 이리하여 시작품(詩作品)은 결코 완성되는 법이 없고 다만 던져질 뿐이라고 발레리는 생각한다. 어느 정도에 이르면 작품은 포기되어 버려질 뿐이지 완전히 끝이 날 수는 없다는 것이다. 이와 똑같은 이유에서 발레리가 시의 가장 이상적인 상태로 생각하고 있는 '순수시'란 영원한 하나의 가설에 지나지 않는다.

만일 이 역설적인 문제가 완전히 해결될 수 있다면, 말하자면 시인이 산문적인 것은 아무것도 나타나지 않고 음악적인 계속이 결코 헝클어지지 않는 (……) 시작품을 쓸 수 있다면 그때 '순수시'라는 것을 마치 현존하는 사물처럼 말할 수 있을 것이다.

그런데 실은 그렇지 않다. 언어의 실제적이고 실용적인 부분, 논리적인 형태, 습관 그리고 내가 이미 지적한 대로, 단어에서 만나게 되는 무질서와 무이성(無理性)은 절대시의 창조 가능성을 불가피하게 만든다. 그러나 그러한 이상적이고 상상적인 상태를 뜻하는 개념이 모든 관찰할 만한 시를 이해하는 데 아주 귀중하다는 것을 아는 것은 쉬운 일이다.

그러면 언어를 가지고서는 도저히 이 시의 근원적 상태에 도달할 수 없는 것일까. 그렇다고 발레리는 대답하는 듯하다. 이러한 시는 아마 영원히 나타나지 않을 것이다. 그러나 이러한 시에 얼마만큼 가까이 가 있느냐에 따라서 시를 이해할 수는 있다. 가령 발레리가 이상으로 삼고 있는 ① 산문적인 것은 전혀 없고 ② 음악적인 계속이 죽 지속되며 ③ 주제가 음악과 딱 어울리는 그런 시에 얼마나 가까울까 하는 그 정도에 따라서 말이다. 이리하여 우리는 다시 발레리의 '미(美)는 부정이며 표현될 수 없음이다.'라는 근본적인 명제로 되돌아온다.

관능과 비관의 시인

발레리 시의 가장 큰 주제는 「젊은 파르크」, 「해변의 묘지」, 「나르시스는 말한다」, 「나르시스 단장(斷章)」에서 뚜렷이 보이는 '조화로운 나', '신비스러운 나'(지성, 혹은 의식)와 '불타는 비밀의 누나', '죽을 나'(육체, 혹은 관능)의 대결이다. 그리고 의식의 규제 아래 엄격히 제한받고 쓰이는 발레리의 시가 보다 더 우리에게 가까이 와서 작품의 빛을 내고 있는 것은 삭막하고 씁쓰름한 의식의 궤적 끝에 여인의 살결처럼 부드러운 관능이 있기 때문이다.

　　　사랑이 숨지거나 조는,

젖가슴의 아름다운 표주박을 찔러 다오
나 자신의 미소한 주홍빛 일부가
봉긋한 반항의 살에서 흘러나오도록!
　　　　　　　　　　　　　　　　—「꿀벌」에서

　발레리 시의 도처에서 우리는 이러한 관능적인 시구를 만난다.
아마도 발레리 자신도 그 삭막하고 쓰디쓴 의식의 벌판에
나르시스처럼 '나는 단 혼자다!'라는 것을 알고, 그 수정같이
차디차게 얼어붙은 의식의 규제 밖으로 잠시 나오려 관능의
훈훈한 살결을 찾는 중일 것이다. '내 갈증은 옷 벗은 노예인
것이다.' 그러나 발레리는 매번 이 관능의 살결에서 다시 쓸쓸한
의식의 들판으로 귀환한다. 이러한 의식과 관능적인 육체의
대립은 발레리가 자주 사용하는 이미지에서까지 작용하고 있다.
발레리는 의식의 명료함을 나타내 주는 이미지로 새벽, 바다,
샘, 천사 등을 자주 사용하고 관능의 이미지로는 뱀, 나무 등을
사용한다. 그 예를 몇 개 들어 보자.

　　새벽 —— 존재하라! 결국 너 자신이어라, 라고 새벽은
말한다.
　　　　　　　　　　—「세미나리스의 노래(Air de séminaris)」에서

　　바다 —— 신선한 기운이 바다에서 솟구쳐 올라/ 나에게
내 혼을 되돌려 준다……
　　　　　　　　　　　　—「해변의 묘지(Le cimetière marin)」에서

　　샘 —— 샘물이여, 나의 샘물이여,
　　　　　　　　—「나르시스 단장(Fragments du narcisse)」에서

　　천사 —— 일종의 천사가 샘가에 앉아 있었다. 그는 물에

얼굴을 비춰 보고 인간을 보았다. 그리고 눈물에 젖어
그리고 그는 벌거벗은 물결 속에 한없는 슬픔의 먹이가
나타나는 것을 보고 극도로 놀랐다.

──「천사(L'ange)」에서

뱀 ── 그곳에서 나는, 나를 막 물어뜯었던 한 마리의
뱀을 따라가고 있었다.

──「젊은 파르크(La Jeune Parque)」에서

나무 ── 나무들 사이에서 미풍은 흔든다/ 내가 옷 입고
있는 독사들.

──「뱀에 관한 초고(Ébauche d'un serpent)」에서

이러한 육체와 의식의 대결에서 결국 발레리는 의식으로
귀환한다. 그러면 발레리는 이 투명한 의식으로 이 세계에서
초월이 가능하다고 믿는 것일까. 아마도 나는 아니라고 생각한다.
발레리는 그 수정같이 차디차게 얼어붙어 있는 지성, 정신으로도
결국 죽음의 벽을 뚫지 못하리라는 것, 초월의 가능성은 없다는
것을 알고 있었다.

어디로 가니? 죽음으로.
어떤 조치가 있겠는가? 그만두기,
개 같은 팔자로
더 이상 되돌아가지 않기
어디로 가지? 끝장내러 간다
무얼 할 것인가? 죽음.

──「제쳐 놓은 노래」에서

그러면 발레리는 철저한 비관주의자인가. 아마 그러할 것이다.

그의 지성이 그를 세계 밖으로 이끌고 갈 수 없기 때문에, 그의
정신이 다만 현재에만 집착하고 있기 때문에 아마 그러할 것이다.
발레리는 '그럼에도 불구하고 다시 살아야 한다.'고 노래한다.

바람이 인다!…… 살려고 애써야 한다!
세찬 마파람은 내 책을 펼치며 또한 닫으며,
—「해변의 묘지」에서

그렇다면 나는 싫지만, 오 태양이여,
네가 너를 알기 위해 오는 곳, 내 마음을 나는 사랑해야
한다.
—「젊은 파르크」에서

자아의 분열과 그 회복

시는 언어이며 산문은 행위이다. 적어도 나에게만은 시와
산문의 구별점은 바로 여기 외에는 찾을 수 없을 듯하다.
확실히 시는 언어이다. 사르트르가 인용하고 설명하고 있듯이
"오 성곽이여……."의 시구에 대해 아무도, 물어보고 있는 시인
자신도 그리고 듣는 독자들도 행위로서 응답하려 하지 않는다.
랭보의 이 유명한 시구는 그것 나름으로 엉켜 있는, 그래서
아무런 행위도 새어 나갈 수 없는 언어이기 때문이다. 그런데도
우리는 항상 되묻고 되묻는다. 시에 있어서 언어의 문은 영원히
닫혀 있는 것일까? 시에 있어서는 언어와 언어의 틈 사이로
행위가 빠져나올 수 없는 것일까?
그러나 사실에 있어서 행위는 항상 언어라는 두꺼운 벽을
벗어나려 한다. 행위는 언어의 둔탁하고도 날카로운 벽을
넘어오려 다. 왜 행위가 시에서 자꾸 언어 밖으로 뛰쳐나오려

하는 것일까? 그것은 발레리도 말하고 있듯이 시가
'끝나(achevé)'는 적은 결코 없고 다만 '내던져지기(abandonné)'
때문일 것이다.

> 불안해하면서 완성되기를 바라는 사람들의 눈에는
> 작품이란 결코 끝나는 법이 없고(끝난다는 이 말은
> 그들에겐 아무런 의미도 없을 터이다.) 다만 내던져질
> 뿐이다. 그리고 불꽃 속에 던져지든, 공중(公衆)에게
> 던져지든, 이 내던짐(l'abandon)은 그들에게는 사고의
> 단절에 비유할 만한 한 일대 사건인 셈이다.
>
> —『전집』(1, 1497)에서

확실히 작품이 완전하게 끝나 버린다는 법은 없다. 그것이
언어라는 습관적인 기호, 사물 그 자체가 아니라 그 위에
가냘프고 연약한 자취만을 남기는 언어라는 기호를 사용한다는
점에서 '작품＝시'란 완성될 수가 없다. 가령 앙리 브레몽(Henri
Bremond, 1865~1933)이 말하듯이 시가 음악의 상태를 지향한다고
하더라도 그러나 언어는 멜로디가 아니다. 아무리 수려하고
아름다운 12음절시라 하더라도 그것은 음악이 아니라 다만
언어일 뿐이다.
 그리고 언어로서는 도저히 '사물' 자체에 접근할 수가 없다.
접근이라기보다는 사물이 될 수 없다는 것이 더 옳을 것이다.
가령 우리가 성냥이라 부르고 있는 것에 우리는 그 언어보다도
먼저 도달한다. 그러나 만일 그것을 우리가 보지 않고 우리와의
사이에 아무런 묵계가 없는 사람에게 그것을 언어로 표현하려 할
때 아마도 우리는 당황하리라. 우리가 사물 그 자체에 도달하려
하면 할수록 관습적인 언어로써 그 대상을 지시하는 것이 버릇이
된 사람은 당황하게 되리라. 이러한 말을 다시 바꾸면 '시는
언어이지만 완전히 언어일 수는 없다.'는 것이 될 것이다. 아마도

완전한 언어인 시는 말라르메가 생각한 대로 백지일 것이다.
침묵은 가장 많은 말이기 때문이다.

그리하여 완전히 '끝나'지 아니하고, 완전히 언어로 되지
못하고, 그리고 그렇게 될 수 없는 시의 언저리에서 우리는 그
시의 행위를 줍는다. 완전히 행위일 수 없는 산문의 언저리에서
우리가 언어를 줍듯이, 우리는 시의 언저리에서 언어 속에서
고개를 내밀고 우리를 부르는 행위를 엿본다. 물론 행위가 있다
하더라도 그것은 언어의 더미 속에 파묻혀 있는 행위이지, 언어를
학대하고 짓밟는 행위는 아니다.

그러면 이러한 전제하에서 발레리의 「젊은 파르크」 속에
나타난 행위를 알아보기로 하자. 오해를 없애기 위해서 다시
말하자면 「젊은 파르크」는 시이다. 그리고 그것이 시라는 점에서
「젊은 파르크」는 언어이다. 이 언어를 산문으로 말하려 할 때
거기서는 반드시 배반이 생겨난다. 그것은 시를 산문으로 말하려
할 때는 어쩔 수 없이 생겨나는 배반이다. 장 코앙(Jean Cohen)이
소르본대학에서 발레리의 「해변의 묘지」를 분석했을 때 발레리가
느낀 것이 바로 이것이었다.

> 코앙 씨가 내 텍스트의 각 연을 읽고 거기에 한정된
> 의미와 발전되어 나가는 도중에 차지하는 가치에 대해
> 말하는 것을 듣고 있으면서, 나는 아주 난삽하다는
> 정평이 있는 시의 의도와 표현이 여기서 완전히 이해되고
> 발표되는 것을 보는 기쁨과 그리고 내가 조금 전에 암시한
> 이상한, 거의 고통스러운 감정 사이에서 어쩔 줄 몰랐다.
> ─『전집』(1, 1499)에서

언어를 행위로 분석할 때는 아마 모두들 이런 감정,
배반당했다는 감정에 사로잡히리라. 그러나 나는 이러한 분석의
가능성이 있을 수 있다는 것을 말하기 위해 시에서의 행위를

말한 것뿐이다. 확실히 언어를 행위로 번안해 낸다는 것은 하나의 '이상하고도 고통스러운' 배반일 터이지만, 그러나 시가 항상 언어일 수 없다는 점에서 시는 행위로 번안될 수 있다고 나는 생각한다.

1892년 9월에 발레리는 가족과 함께 젠으로 출발했다. 그 무렵 발레리는 문학적 생애에 대해 심한 의혹과 실망에 빠져 있었고, 그래서 그는 문학을 포기해 버렸다. 지나치게 생생한 감정에 의해 그의 정신을 규제하기를 포기하려는 그의 결심과 의욕은 소나기 치는 10월 초순에 일어났다.

> ⋯⋯무서운 밤이었다. 침대 위에 드러누워 보낸.
> 도처에서 뇌우. 번쩍할 때마다 찬란한 방. 그리고 나의
> 모든 운명이 내 머릿속에서 장난하고 있었다. 나는 나와
> 나 사이에 있었다⋯⋯.
>
> —『전집』(1, 20)에서

그리고 이러한 포기는 그 자신이 말하듯이 "시를 쓰지도 않고, 거기에 전념하지도 않고 그리고 거의 그걸 읽지도 않고" 20년을 보내게 했다. 그리고 20년 만에 그는 다시 시를 쓰기 시작했고 그 첫 작품이 1917년에 발표된 「젊은 파르크」였다. 이 시의 원고를 제일 먼저 본 것은 시인 피에르 루이(Pierre Louÿs, 1870-1925)였다. 1917년 1월 22일 얼음이 얼어붙은 차가운 겨울밤에 루이는 발레리를 보러 간다. 그때 발레리는 그의 시를 램프 불 아래서 그리고 꺼져 가는 난로 곁에서 읽어 주었다. 그리고 루이가 시에 붙인 제목은 「섬들(Iles)」이었다. 그러나 《N. R. F》에 이 시가 발표되었을 때, 그 시의 제목은 「젊은 파르크」로 변해 있었다.

이 길고도 난삽한 시를 이해하기 위해서는 우선 발레리 자신의 말을 들어 볼 필요가 있다. 엄격한 의미에서는 사족일 터이지만, 그러나 어떻게 이 시의 테마가 생겨났으며 발전되어

왔는가를 그 자신의 말을 빌려 알아보기로 한다. 이러한 것을
안다는 것은 그 자신이 '시가 끝난 뒤에 약간의 자서전적인
냄새'를 맡은 바 있는 이 긴 시를 이해하는 데 큰 도움이 된다.
발레리는 이 시에 대해 너무나 많은 것을 말하고 있다. 특히
1917년 알베르 모겔에게 보낸 편지는 아주 간결하게 작시의
동기와 제작 과정을 말해 주고 있다.

⠀⠀⠀……모든 나의 변명 ── 그리고 이 시의 모든 비밀
역시 ── 은 지드에게 준 그 조그마한 봉헌 속에 나타나
있다. 이 봉헌은 이 작품이 스물두 살 이래로 시를 쓰지
않았고, 그래서 훈련을 시도한 한 사람의 작품이라는
것을 말해 주고 있다. 1913년 나의 옛날 시를 모아
달라는 요청에 대해서 그 조그마한 양이 부끄러워 나는
한 30~40행쯤 되는 작품을 하나 쓰려고 생각했다.
그러다가 나는 그뢱에게서 오페라의 어떤 서창(敍唱)을
들었다. 거의 단 하나의 긴, 최저 여성음을 위한 구절을.
나는 몇몇 12음절의 시를 시도하여 보았다. 전쟁이 왔다.
그리고 전쟁이 장기화되고 이 폐지되지 않는 일상적인
고통의 체제가 온다. 모든 사람처럼 나도 정신의 자유를
잃어버리고 있었다. 잘 있거라 명상이여! 나는 그때
알았다. ── 사건들을 상상하는 것과 무기력이라는 이
소모적인 활동에 대해 싸우는 방법은 아주 어려운
놀이에 자기를 구속하는 것. ── 말하자면 엄격한 관찰
때문에 매우 곤란한 조건들과 조항들로 가득 찬 한없는
작업(=시작)을 하는 것뿐이라는 것을. 나는 시를 사적
법률로 생각했다. 나는 가장 고전적인 속박을 취했다.
게다가 나는 계속적인 조화, 정확한 구문을 나에게
부과했다. 내가 약해질 때면 숨이 막힐 듯하곤 했다. 스무
번도 넘게 포기했다고 생각하게나. 그때마다 나는 의무와

오만에 도움을 청하곤 했다. 나는 때때로 우리의 땅을
위해 싸우지 않는다면 적어도 우리의 언어를 위해서라도
노력해야 한다는 것을 확신하려 하며 나를 고무했다.
작품의 대부분은 1915~1916년에 쓰였다. 나도, 다만 이
'운명의 여신'에서 내가 이끌어 낸 유일한, 진정한 이 점은
작업 도중에 나 자신에 대해 행해진 성찰 속에 있다는
것만을 말할 수 있을 것이다.

— 『전집』(1, 1620~1621년 초역)에서

　이러한 발레리의 말은 전쟁의 와중에서 정신의 자유를 잃은
유럽의 한 지성인의 고통스럽고도 어려운 자기 제어의 한 양식을
보여 주고 있다. 그 제어의 양식이 '끝까지 가 보려는' 테스트적인
집착 때문에 더욱 어려워졌으리라는 것을 우리는 쉽게 상상할 수
있다. 그리하여 발레리는 수십 번은 「젊은 파르크」를 포기하려
한다. 그때마다 자기 자신에 대한 반성이 온다. 이러한 포기와
새로운 집착의 되풀이 속에서 「젊은 파르크」의 초고가 모인다.(그
초고를 전부 출판했더라면 500~600페이지의 책이 되었으리라고
한다.) 그 되풀이가 끝난 것은 마지막의 극심한 절망 후이다. 그는
이것을 「왕자와 젊은 파르크」에서 이렇게 진술하고 있다.

　　나의 목표는 작품의 전체가 옛날 서창의 그것과 비슷한
인상을 만들어 내게끔 시구들이 발전되고 상술되도록
하는 일종의 논문을 꾸미는 것이었다. 곧 나는 끝없는
곤란에 부딪혔다. 어느 날은 거의 종일 시의 어떤
부분을 쓰고 지우고 다시 쓰느라 소일하다가, 나는 모든
예술가들이 느낀 절망적인 혐오감에 사로잡혔다. 나는 그
부분을 포기하기로 결정했다. 포기해야만 된다고 나는
확신했다. 나의 초고에 나를 이끌어 매고 있었던 그 슬픈
매혹을 행위로서 깨뜨려 버리려면 나는 외출해야만 했다.

나는 아주 화가 나서 무질서하게 켜 있는 불에 어중간히
현혹되어 거리를 쏘다녔다. (……) 아주 오랜 산보 뒤에,
나는 인적 없는 카페에 들어갔다. 신문들이 바닥에
떨어져 있었다. 나는 되는대로 전 세계를 훑어보았다.
여러 곳에서 벌어진 무질서한 사건들의 이미지는 나의
내부에서 거리에서의 사람들의 무질서로 대치되고 있었다.
나의 눈은 범죄 사건을 국회와 주식거래소 그리고 항상
똑같은 뉴스를 피해 가며 《타임》의 하단으로 내려갔다.
어떤 것이 이 호에서 나를 멈추게 해서는 거기서 귀중한
실체를 발견하게 하리라는 것을 느끼게 했다. 나는 아돌프
브리송의 기사를 스쳐봤다……. 그리고 읽고 또 읽었다.
나는 나의 길을 '알았다.'

— 『전집』(1, 1492~1494 초역)에서

왜 그 기사가 발레리에게 섬광처럼 비쳤으며 어떤 점에서
발레리가 '그의 길을 알았'는지 발레리 자신도 설명할 수 없다고
그는 덧붙이고 있다. 여하튼 「젊은 파르크」는 근 5년에 걸친 오랜
명상과 반성 속에서 이루어진 수정 같은 언어임에 틀림없다.
그리고 그것은 자기 자신을 위한 하나의 쓸쓸하고 절망적인
언어의 천착이었다.

그러면 「젊은 파르크」의 행위는 무엇인가. 발레리가 그토록
오랜 명상 끝에 얻어 낸 것은 무엇일까. 파르크의 행위에 대해
발레리는 간단하고도 명백하게 이렇게 진술하고 있다.

이 시는 모순의 소산이다. 이 시는 몽상이 가지고
있는 모든 단절, 되풀이, 놀라운 일 들을 가질 수 있는
몽상이다. 그러나 그것은 그것의 대상이 '의식하는
의식'인 몽상이다. 한밤중에 일어나서 그리하여 모든 삶이
다시 살아나 자기에게 말할 때를 생각해 보시오. 정감,

추억, 풍경, 감동, 육체의 감각, 기억의 깊이, 광명, 다시
보인 옛날의 하늘 등을……. 이 시작도 없고 끝도 없고
다만 매듭만이 있는 이 음모로서 나는 하나의 독백을
만들었다.

—『전집』(1, 1626)에서

발레리 자신이 말하고 있듯이 이 길고 난삽한 시의 외적인
행위는 한밤중에 여신이 그녀의 침대에서 일어나 그 독특한
발레리의 바다로 가는 것뿐이다. 그 간단한 행위 속에서
"의식하는 의식"의 모든 것이 보인다. 슬퍼하며, 곤혹을 느끼며
한 젊은 여인은 그녀의 침대에서 일어나 바다로 간다. 그리고
이 시가 진행되면서 그녀와 바다는 때때로 동일화된다. 그리고
바다와 별로 가득 찬 하늘을 쳐다본다.

> 덧없는 먼 곳에
> 무언지 모를 순수하고 초자연적인 것을
> 빛나게 해 주는 전능한 이방인들, 피할 수 없는
> 별들이여,
> 인간들 속에, 눈물 속에까지
> 이 최고의 반짝임을, 이 무적의 무기를
> 그리고 너희들 영원에의 동경을 빠뜨려 버리는 너희들,
> 나는 너희들과 함께 떨면서 혼자 있을 뿐, 내 침실을
> 나왔기 때문에,

별들을 바라본 뒤에 여인은 그 자신 속으로, 말하자면
육체라는 '깊은 숲' 속으로 잠겨 들어간다. 그 깊은 숲속에서
그녀는 그를 물어뜯던 '한 마리 뱀'을 따라간다. 뱀은 무엇인가,
발레리가 뱀에게 주는 이미지는 무엇인가. 그 뒤에서 우리는 곧
뱀의 이미지를 보다 더 선명하게 해 주는 어사들에 부딪힌다.

① 이 무슨 은밀한 욕망이며, 그 흔적들인가! 내
탐욕에서 멀어지는 이 무슨 무질서한 보석들이랴!
② 신들이여! 내 무거운 상처 속에서 비밀스러운
누나가 불탄다. 극도로 조심하는 여자보다도 자기를
좋아하는 누나가.

이러한 시구에서 우리는 쉽사리 발레리의 뱀이 욕망, '스스로
불타는 누나'인 것을 알게 된다. 그리고 여기서 우리는 발레리가
의식적으로 갈라 놓은 두 개의 나, 혹은 '두 개의 누나'에
부딪힌다. '조심하는' 누나와 '불타는' 누나가 바로 그것이다.
그리고 이러한 두 가지 성격, 운명의 여신이라는 여인의 이중성은
말라르메의 「목신의 오후」에서 이미 아름답게 노래된 바 있다.

혹시 네가 비난하는 여인들이
너의 엄청난 감각의 욕망을 형상화하지 않았는가를!
목신이여, 환영은 가장 정순한 여인의
눈물의 근원처럼 푸르고도 차가운 눈에서 도피한다.
그러나 또 딴 여인이 너의 머리털 속에서 더운 날
입김처럼
모든 한숨을 대치시키고 있다고 말하려는가.

목신의 눈앞에 신기루처럼 현존하는 두 여인, 문학평론가
알베르 티보데(Albert Thibaudet, 1874-1936)의 설명을 빌리면
"일간신문의 신문소설"처럼 단순히 있는 금발의 여인과 갈색의
여인, 말을 바꾸면 '눈물의 근원처럼 푸르고 차가운' 눈을
한 여인과 '모든 한숨과 욕정의 뜨거운 숨결'의 여인이 주는
이미지는 분명히 발레리의 운명의 여신에게서도 그대로 보인다.
다만 그것이 발레리에게서는 한 여인 속에서 일어나고 있을
따름이다. 그리고 이런 운명의 여신의 이중성은 전 작품을 통해

번갈아 가며 그 어느 한 면이 강조되어 나타난다. 발레리 자신은
이러한 '불타는 누나'에 대한 시구가 시 자체를 부드럽게 하기
위하여 쓰였다고 말하고 있다.

약간 시를 부드럽게 하기 위하여 나는 예기치 않았고
그리고 후에 만들어진 부분들을 집어넣어야만 했다.
성적인 모든 것은 덧붙여진 것이다. 이제는 본질적인
중요성을 가지고 있는 듯한 봄에 대한 중심 부분도
그러하다.

—『전집』(1, 1621)에서

발레리 역시 "이제는"이라고 말하고 있다. 이 불타는 누나의
현존은 아마도 '조화로운 나'를 위한 하나의 기대가 될 수 있다.
그리하여 여인은 뱀을 향해 "가거라."라고 말할 수 있다.

이 세상에선, 무한한 기대로부터 모든 것이 탄생할 수
있다.

말하자면 '동물적인 네 꿈의 가락지 속에'서도 "나, 나는 잠깨어
있다." 그러므로 그녀는 아직도 "손 위의 섬세한 자국에 키스했고"
"주변에 타는 불"을 느끼고 있지만 이 불타는 육체야말로 "죽을
누나"며 "거짓"인 것을 안다. 그리하여 그녀는 이러한 죽을
누나에게 "잘 있거라." 하고 말한다. 불타는 육체의 밑에서
그녀는 이제 대낮의 동료였고 아내였음을 아는 "순수한 행위에
뒤따르는 침묵에 휘지 않으며 나긋나긋한 여인"인 "꿈과는 다른,
조화로운 나"를 발견하려 한다. 그러면 그녀는 이때 "행복"함을
느꼈는가. 육체의 갈망과 마찬가지로 대낮은 그녀의 적인 그림자,
「장송(葬送)의 작은 배」를 그녀 앞에 내세운다.

장미꽃과 나 사이로 내 그림자가 숨는 것을 나는 본다.
춤추는 먼지 위에 그 그림자는 미끄러지고,
어떠한 나뭇잎도 자극하지 않고 지나가면서 도처에서
부서진다······
미끄러지거라! 장송의 작은 배여······

이렇게 그림자는 「장송의 작은 배」를 통해 죽음의 이미지를
부른다. 그리고 이 죽음의 이미지는 허무와 곧 연결된다.

나는 생각한다. 우주의 빛나는 기슭 위에서
무녀를 엄습하는 이 파멸에의 취미에 대해
그 무녀에게선 세계의 종말을 바라는 희망이
으르릉거린다.

이러한 죽음, 허무를 통하여 시간은 "스스로 내 가지가지
무덤으로부터 비둘기들이 좋아하는 저녁을", "내 순했던 유년"을
부활시키며 동시에 "원수와 같은 온 하루를", "미래를" 새벽에
내보여 준다. 그리하여 "황금의 바람이 마구 불어오"는
"화형대"인 추억을 통해 그녀는 "그녀의 마음이 시들어 가는
마음과 그렇게 가까이 있"는 숲속으로 들어간다. 그러나 이러한
추억이 그녀일까, 그녀는 의심한다.

그것은 정말 나였던가, 커다란 눈썹이여.

확실히 이 모든 것은 "어지럽도록 흰 이마에 흘렀다가 다시
물러가는 한줄기 빛에 지나지 않는다." 죽음의 어두운 종말이
항상 "나를 부르며 풀어" 내기 때문에. 그러나 항상 봄은 다시
오고 죽음의 어두운 종말 뒤에서 얼음을 녹인다.

봄은 와서, 밀봉된 샘물들을 깨뜨린다.
놀라운 봄은 웃으며 침입한다……

그것은 아마도 사랑의 부드러움일 것이다. 그 뒤에서 발레리는
비록 "더러운 조화"라고 사랑을 비웃고 있지만 사랑에 대하여
오래 말하고 있기 때문이다.(봄과 사랑의 부드러움에 대한
이미지의 연결에 아무런 어색함도 우리는 찾을 수 없다.)

욕망들이여! 맑은 얼굴들이여! 그리고 너희들,
사랑의 아름다운 과일이여,

그러나 다시 여신은 시선의 먹이가 되고 이 사랑의 허무함을
알아낸다. "모든 키스는 새로운 고통을 예상"하기 때문에.
그리하여 여신은 "당황한 내 발을 잃는다." 결국 인간은 죽어야
한다는 이 숙명의 그림자 앞에서 "울음을 터트릴 듯한" 얼굴을
하고 있는 이 여신의 얼굴은 나르시스의 얼굴이며, 「천사」에서도
보이는 얼굴이다. 「천사」의 표현을 빌리면, 그 얼굴은 "청명한
하늘에는 있지 않은 인간의 형태를 한 슬픔"이라는 것이다.
그리하여 마침내 천사가 울어 버리듯이 여신 역시 울어 버린다.
그러나 새벽이 곧 오려 하고, 그래서 여신은 다시 정신을 차리고
그녀의 지성으로 되돌아간다.

신비로운 나, 하지만 너는 아직도 살고 있다.
너는 새벽녘에 너를 알아볼 것이다.
쓰디쓰게도 똑같은 너를……

그리고 페르낭이 말하듯이 의식의 상징인 바다로 다시 그녀는
시선을 집중한다.

바다의 거울이
일어선다……

그리고 이 바다의 거울은 아마도 나르시스의 샘물, '불사의
자기'를 바라볼 수 있는 샘물의 거울일 터이다. 그리고 이 거울을
통하여 자아의 순수한 조화는 보인다고 발레리는 생각하고
있는 듯하다. 이 거울 속에서 나르시스처럼 젊은 여신 역시
순간을 통해 영원 속에 정지하려 한다. 말하자면 그녀는 죽음을
밀어내고 있는 셈이다.

가라앉은 관자놀이 밑, 혼의 가지가지 준비.
이미 그렇게 형성된 비밀한 어린애의 나의 죽음,
(……)
너희들은 하나의 고귀한 지속에 지나지 않았던가?

이렇게 여신은 말하고 있는데, 그것은 그녀가 거울 앞에
서 있기 때문일 것이다. 거기서 그녀는 '조화로운 나'를 볼 수
있기 때문이다. 그럼에도 불구하고 새벽은 아직 오지 않았고,
밤의 어둠 속에서 여신은 "아니다, 아니…… 이제 더 이 추억을
자극하지 마라."라고 도처에서 부르짖지만 다시 욕망의 언덕으로
"미끄러져 내려가고 미끄러져 내려간다." 물론 그녀는 "구하거라,
적어도 생각하거라, 어떤 소리 없는 지속에 의해/ 밤은 사자들
속에서 빛을 향해 너를 다시 데려왔던가."라고 말하고 있다.
그리하여 이 밤의 오랜 여행에서 아직도 허우적거리는 여신은
체념한 듯 불결한 조화에 몸을 맡긴다.

잠자거라, 내 지혜여, 잠자거라. 이 부재가 되라.
근원 속으로 그리고 우울한 순결 속으로 돌아가거라.
생생한 네 몸을 맡겨라. 뱀들에게, 보물들에게……

언제나 잠들거라, 내려가거라, 언제나 잠들거라,
내려가거라, 잠들거라, 잠들거라!

(낮은 문, 그건 감옥이다…… 그곳에서 얇은 천이
지나간다……
　모든 것은 죽는다, 모든 것은 웃는다, 욱신대는 목구멍
속에서……
　새는 네 입 위에서 물 마시는데, 너는 새를 보지
못한다……
　더욱 밑으로 오너라, 더 낮은 목소리로 말해라……
어둠도 그렇게 어둡지 않다)

이러한 조화로운 나의 포기 그리고 비밀스러운 도주 속에
여신은 잠긴다. 의식의 터진 틈 사이로 '어둠'이 잠겨 든 것이다.
그러나 이렇게 "더욱 밑으로 오라."라고 외치는 여신을 태양은
다시 이끌어 내어 바다와 그 물결을 보게 한다.

화려한 옷 입고, 이 기슭 위에, 겁 없이 높이 솟는
거품을 마시고,
　가장 활기찬 대기 속에, 바람에 몸을 대고,
　얼굴에는 바람의 부름을 받으면서……

그리하여 여신은 마치 세트의 해변가에 앉아 있는 고독한
사색가처럼 이런 모든 의식의 틈 속에 끼어드는 어둠에도
불구하고 "사랑해야" 한다고 느낀다.

네가 너를 알기 위해 오는 곳, 내 마음을 나는 사랑해야
한다.

물론 여신의 이러한 표현은 「해변의 묘지」의 표현보다 훨씬 더 정적이고 신비적이다. 「해변의 묘지」에서는 이러한 욕구가 울음처럼 터져 나오고 있다.

바람이 인다!…… 살려고 애써야 한다!
세찬 마파람은 내 책을 펼치고 또한 닫으며
물결은 분말로 부서져 바위로부터 굳세게 뛰쳐나온다!
날아가거라, 온통 눈부신 책장들이여!
부숴라, 파도여, 뛰노는 물살로 부숴 버려라
돛배가 먹이를 쪼고 있던 이 조용한 지붕을!

이렇게 발레리 — 여신의 행위는 분석될 수 있는 것이다. 발레리는 시에서 사고가 적합하지 않다고 분명하게 말하고 있지만, 이 여신의 행위를 통해 우리는 인간의 이중성, 청명한 의식과 그 틈에 부딪친다. 라 로슈푸코가 말해 준 대로 "부드럽고, 고뇌하고, 현명하고, 육감적이고, 비겁하고, 용감하고, 한마디로 말해서 삶을 영위하는 밤의 아름다운 장식 속에 잡힌 우리들 하나하나가 이 여신"인 셈이다.

덧붙이는 말

발레리라는 이 명증한 의식이 만들어 낸 난삽한 시들은 다음의 여러 점들이 설명되어야 완전히 이해될 수 있다.

　① 프랑스 시의 전통적인 과장법이 그의 시에 그대로 작용하고 있다.
　② 그의 시는 시의 아름다움은 형태에서 기인하며 그 형태는 음악의 상태를 최고의 상태로 상정한다는 후기

상징주의 이론의 극단적 표현이다.

③ 그의 순수시론은 현실에서는 실현이 불가능한
이상론이다.

번역 대본 및 인용 원본은 장 이티에가 서문과 주를 붙이고,
아가트 발레리가 연보를 꾸민 플레이아드판『발레리 전집』
2권임을 부기한다.

밤하늘 아래에서 흔들리는 영혼

오은(시인)

보이는 것을 집요하게 바라보는 시인이 있고 보이는 것을
다르게 보려고 애쓰는 시인이 있다. 다르게 본 것을 다르게
표현하려는 시인도 있다. 두 번의 다름을 관통한 시에는
빛이 든다. 읽을 때마다 전에는 발견하지 못했던 새로운 것이
튀어나온다. 한꺼번에 쏟아졌다가 가닥가닥 퍼져 나가는
가지각색의 빛살처럼.

발레리처럼 보이지 않는 것을 어떻게든 보려고 아우성치는
시인도 있다. 보이지 않기에 그것은 정신의 힘을 어마어마하게
소진시킨다. "내 옛날의 영혼으로 하여금/ 자신의 비밀스런
구조를 꿈에 보게 한다."라는 「석류」의 구절처럼, 시공간을
뛰어넘고 영혼으로 말미암아 아무도 가닿지 않은 곳에 발 들이게
만든다. 매일매일 볼 수 있지만 섣불리 안다고 말할 수 없는
밤하늘처럼, 밤하늘에서 안간힘을 다해 빛나는 무명의 별들처럼.
발레리 덕분에 우리는 "우리의 다양한 은빛 눈물을" 한 방울 한
방울 기억할 수 있게 되었다.

『해변의 묘지』는 감히 밤하늘 같은 시집이다. 밤을 배경으로
발아한 시들이 많아서이기도 하지만, 다 읽고 눈을 감으면
별들이 석류 알갱이처럼 우수수 쏟아질 것만 같다. 보이지 않는
것을 상상하다가 눈앞에 있는 사물에 그것이 깃드는 기묘한
순간도 찾아온다. 부르고 감탄하고 심호흡한 뒤 다시 부르는
일, 가는 시간과 떠나가는 이미지를 붙드는 일. 불가능하기에
더욱 처연하고 불완전하기에 더없이 불안하지만, 내일 앞에서 늘
비무장 상태인 우리의 영혼은 밤하늘 아래에서 흔들리지 않을 수

없다.

밤하늘 아래 서 있다 보면 온갖 상념이 찾아든다. "내 입술 없으면 그대는 무엇이며/ 사랑이 없으면 나는 또 무엇인가?"(「시」)라는 물음처럼, 상념은 으레 질문을 낳는다. 그 질문에 대한 답을 찾기 위해서라도 우리는 또다시 서성여야 한다. 시를 쓰는 것이 질문을 던지면서 동시에 답을 구하는 과정인 것도 이 때문이다. 질문은 여간해서 끝나지 않는다. 내일도 밤하늘은 까맣게 펼쳐질 테고 밤하늘을 수놓는 별들은 방금 새로 태어난 것처럼 반짝일 것이기 때문이다.

비가 올 때 떠오르는 노래, 함박눈이 쏟아지거나 햇볕이 유독 따가울 때 솟아오르는 이미지가 있는 것처럼 바람이 불 때마다 생각나는 시가 있다. 다름 아닌 「해변의 묘지」다. "바람이 인다!…… 살려고 애써야 한다."라는 구절은 사람들에게 어떤 순간을 떠올리게 만들어 준다. 살아 있음을 생생하게 느끼던 순간, 그럼에도 불구하고 살아야겠다고 마음을 다잡던 순간, 온몸과 온 마음이 동시에 일어나던 순간, 내 존재가 나로 인해 생생해지던 순간. 그 순간은 그 자체로 "온누리에 선언하는 광채"(「비밀의 시가(詩歌)」)와 다름없다.

바람이 불 때 할 수 있는 가장 근사한 일은 아마도 결심일 것이다. 그 결심이 내일을 가능하게 한다. 내일이 오는 것도, 내일을 사는 것도, 내일 뒤에 찾아올 또 다른 내일을 기약하는 것도 우리가 결심하는 존재이기에 가능한 일이다. 그리하여 삶은 계속되고, 안간힘을 다해 빛나는 별들은 광년(光年)을 향해 묵묵히 움직이기 시작한다.

세계시인선 56　　해변의 묘지

1판 1쇄 펴냄 1973년 12월 15일
1판 4쇄 펴냄 1991년 9월 25일
2판 1쇄 펴냄 1994년 7월 15일
2판 8쇄 펴냄 2014년 6월 18일
3판 1쇄 찍음 2022년 1월 15일
3판 1쇄 펴냄 2022년 1월 20일

지은이　폴 발레리
옮긴이　김현
발행인　박근섭, 박상준
펴낸곳　**(주)민음사**

출판등록　1966. 5. 19. (제16-490호)
주소　　　서울시 강남구 도산대로1길 62
　　　　　강남출판문화센터 5층 (06027)
대표전화　02-515-2000　　팩시밀리 02-515-2007

www.minumsa.com

ⓒ **(주)민음사**, 2022. Printed in Seoul, Korea

ISBN　978-89-374-7556-6 (04800)
　　　　978-89-374-7500-9 (세트)

＊ 잘못된 책은 구입처에서 교환해 드립니다.